Elfi Sinn

Der Club der kleinen Millionäre 3

Coole Kids und eine rätselhafte Schatzkarte

Bibliografische Information der Deutschen Nationalbibliothek:
Die Deutsche Nationalbibliothek verzeichnet diese Publikation in der Deutschen Nationalbibliografie; detaillierte bibliografische Daten sind im Internet unter http://dnb.dnb.de abrufbar.

© 2021 Elfi Sinn
Herstellung und Verlag:
BoD – Books on Demand Norderstedt
Titelbild: Gabriele Barby unter Verwendung von Motiven von Freepik
ISBN:9 783 754 309 179

1. Kapitel,
in dem die kleinen Millionäre wieder ganz besondere Wünsche an das Universum richten

„Wow, wenn das Monet gemalt hätte, das wäre bestimmt eine Million wert! Oder war es Manet?"

Sporty staunte aus seinem Baumhaus über die weiße Blütenpracht der Obstbäume, die endlos weit reichte.

Seit er und Fritzi bei ihrem Dad an einer Auktion von Gemälden teilgenommen hatten, machte sich Sporty mehr Gedanken über Kunst, zumindest über die finanziellen Aspekte.

Außerdem kündigten die vielen Blüten auch eine reiche Ernte an und das war ebenfalls nicht zu verachten.

 Damit hatte der Mai als Wonnemonat seinem Namen von Beginn an alle Ehre gemacht. Auch das Wetter war seit Tagen so, dass sich der Club der kleinen Millionäre am liebsten in Sportys Baumhaus traf.

Dieses Haus, das Ähnlichkeit mit einem Blockhaus aus einem Western hatte und hoch oben auf einer alten, sehr starken Buche thronte, war irgendwann von Sportys Vorfahren gebaut worden.

Aber die kleinen Millionäre hatten es repariert, umgebaut und immer gemütlicher gemacht. Denn mit diesem Haus verfügten sie über einen geheimen Treffpunkt, den niemand stören konnte, wenn sie die Strickleiter nach oben zogen.

Wenn sie nicht im Baumhaus waren, wurde die Strickleiter auf der Rückseite des Baumes mit einem großen Schloss gesichert. Außerdem war die Firma von Sportys Onkel Mats, in der Wohnungen geräumt und Autos verschrottet wurden, gleich nebenan, so konnten sich auch keine Eindringlinge anschleichen. Im Hof der Firma stellten die Kids auch regelmäßig ihre Fahrräder ab.

Wie immer war Sporty der erste, um alles für die monatliche Beratung vorzubereiten.

Inzwischen warteten schon ein Krug mit Saft und leckere Plätzchen auf die anderen. Heute gab es Schoko-Koma-Plätzchen, die Sporty von Judith aus der *Weiberwirtschaft*, dem kleinen Einkaufszentrum, mitgebracht hatte und die so schokoladig gut schmeckten, dass man in ein Koma fallen konnte.

Immer wenn seine Kurierdienste besonders zuverlässig waren, belohnte ihn die junge Bäckerin mit den Plätzchen, die er von allen Sorten am liebsten aß.

Aber eigentlich mochte er alle Plätzchen und Hunger hatte er sowieso ständig. Das schien Judith auch zu wissen, deshalb bedachte sie ihn immer reichlich.

Nachdem er die Plätzchen in eine große Schale gefüllt hatte, strich er sich über seine kastanienbraunen Locken, die ihm immer wieder in die Stirn fielen und sah sich suchend nach seiner Schwester um. Die keuchte gerade ein wenig, weil sie mit ihrer Hündin Perla nach oben geklettert war.
Sporty griente. „Are you still panting?"
„Natürlich nicht", lachte Fritzi. „Ich keuche nicht mehr wie eine Schildkröte mit Asthma."
Sie ließ die Hündin vorsichtig nach unten und versorgte sie mit Wasser, das Sporty schon bereit gestellt hatte.

Sporty mochte seine *gepatchte* Schwester, wie er sie gerne nannte, denn seit seine Mutter Fritzis Dad geheiratet hatte, waren sie eine wirklich glückliche Patchwork-Familie.
„Ich weiß gar nicht, warum sich die Zwillinge immer streiten", murmelte er oft vor sich hin. Ihm gefiel es, eine Schwester zu haben, und vor allem eine, die genauso sportlich war wie er und schon fast genauso viele Medaillen gewann. Immerhin

hatte er sie trainiert, damals als sie noch ein dickes, unbelieb-
tes Mädchen war. Seitdem war diese Frage nach dem Keu-
chen ein häufiges Wortspiel zwischen ihnen.
Und außerdem hatte sie ihren Wunderhund Perla mit in die
Familie gebracht, was natürlich einen Pluspunkt der Extra-
klasse darstellte.
Nach Fritzi erschienen die blonden Zwillinge Betty und Ben,
dann Noddy, dessen rote Haare extrem kurz geschnitten war-
en und zum Schluss, die blonde Lissy.

Dass Fritzi ihre Hündin Perla im Umschlagtuch mit ins Baumhaus brachte, war schon völlig normal, aber dass auch Lissy
ein winziges Hündchen mit Namen Hagrid dabei hatte, war
schon eine Sensation.
„Du hast den Kleinen Hagrid genannt, wie den Riesen aus
Harry Potter?" Noddy musterte das Hündchen interessiert.
„Das ist wirklich kühn, aber vielleicht steckt ja noch ein heim-
licher Berhardiner in ihm. Darf ich ihn streicheln?"
Die kleine weiße Miniausgabe eines Hundes schien überhaupt
nicht scheu, sondern grinste alle an, als ob sie schon ewig
beste Kumpel wären und genoss die Aufmerksamkeit der Kids
sichtlich.

Sporty, der in diesem Jahr schon wieder extrem gewachsen schien, beugte sich übertrieben tief nach unten.

„Der ist aber klein! Darf der denn schon alleine auf die Straße?"

Lissy schmunzelte nur. „Das ist ein Bichon frisé. Der ist nicht klein, er ist platzsparend. Und er passt ganz prima zu mir."

Als dann Hagrid wie zur Bestätigung bellte, lachten alle und jeder wollte ihn streicheln, bis Betty zur Ordnung rief.

Schließlich ging es um wichtigere Dinge.

Allerdings musste zunächst die praktische Eckbank bewundert werden, die Sporty, Ben und Betty mit guten Tipps der Männer vom Handwerkerkurs gebaut hatten.

„Ich habe die Berechnungen gemacht", erzählte Betty stolz „und auch das meiste Material abgemessen. Sonst wäre es vielleicht eine Schaukel geworden."

Die beiden Jungs, die höchst zufrieden mit ihrer Arbeit waren, protestierten lautstark, aber Betty lächelte besänftigend.

Damit es auf der Bank aus altem Holz noch gemütlicher wurde, verteilten Lissy und Fritzi selbstgehäkelte bunte Kissen in allen Farben.

Als Betty die Kissen sah, wandte sie sich an Lissy. „Ich habe einige Bestellungen für unsere Häkeltaschen. Hast du noch Vorrat? Ich hätte nicht gedacht, dass die sich so gut verkaufen."

„Und der Erlös ist auch nicht zu verachten", erklärte ihnen Ben. „Das wäre auch eine gute Geschäftsidee gewesen und wir hätten das Geld behalten können."

Betty schüttelte tadelnd den Kopf. „Mein Bruder, das geschäftliche Genie! Was hätten wir denn davon, wenn wir irgendwann die Million auf dem Konto sehen könnten, aber die Erde wäre nicht mehr bewohnbar?"

Ben senkte beschämt seinen Kopf, denn auch Lissy und Fritzi schienen nicht seiner Meinung zu sein.

„Wir haben diese Taschen gehäkelt", betonte Lissy, „damit Felix und seine Stiftung mehr Bäume pflanzen können. Das ist wichtig für uns alle und das ist zurzeit auch wichtiger, als unsere Million. Deshalb häkeln wir auch weiter. Die Wolle von deiner Mom reicht noch länger. Außerdem habe ich noch fünf Taschen zuhause, die schon fertig sind."

„Wir haben das genau richtig gemacht", setzte Fritzi fort. "Gerade wir Jüngeren können mehr tun, als nur von den anderen Veränderungen zu fordern. Und wenn wir deshalb unser Ziel ein halbes Jahr später schaffen, dafür aber das Klima retten, finde ich das völlig in Ordnung."

„Ich sehe das auch so", bestätigte Noddy. „Deshalb haben Sporty und ich mit gehäkelt, aber nur die geraden Teile."

„Ihr habt ja recht", lenkte Ben ein.

„Ich meinte ja nur, unsere Strategie sollte wirklich sein, beides zu schaffen. Aber wenn Sporty gehäkelt hat und man das sogar verkaufen kann, mache ich das auch. Also gebt mir ruhig eine schwere Aufgabe. Trotz allem sollten wir aber unser Extrakonto nicht aus dem Auge verlieren und da sieht es zurzeit nicht wirklich gut aus."

„Obwohl wir enorm viel geschafft haben", betonte Betty immer wieder, aber das wussten die anderen natürlich auch.

Ganz sicher war es schon ein Riesenerfolg, dass der Club der kleinen Millionäre jetzt schon länger als drei Jahre bestand. Das wurde ihnen oft genug bestätigt und das war auch etwas, woran weder ihre Eltern noch die kleinen Millionäre selbst geglaubt hätten. Noch vor drei Jahren waren sie der Meinung gewesen, dass ihr Taschengeld viel zu gering sei, um davon überhaupt noch etwas sparen zu können.

Und doch hatte Bettys Idee, selbst Verantwortung zu übernehmen, um aus eigener Kraft reich zu werden, alle überzeugt.

Sie sparten immer noch eifrig, beobachteten kritisch ihre Ausgaben und erledigten zuverlässig ihre kleinen Jobs, um zusätzlich Geld zu verdienen.

In der letzten Zeit jedoch, hatte sie mehr und mehr das Krimi-
fieber gepackt und ihnen eine Menge Spaß und Abenteuer
beschert, aber auch finanzielle Belohnungen, während sie den
Krimifrauen vom alten Bahnhof und Sophie, der Privatdetektivin assistierten.

Nur mit ihrer Hilfe konnte erst vor kurzem ein Mann, der viele
Frauen um hohe Summen betrog hatte, entlarvt und auch
eine Katzen-Mafia besiegt werden.

Auf diesem Gebiet hatten sie schließlich schon seit längerem
Erfahrung. Immerhin verdankten sie das nötige Geld für die
erste Anlage in einen Wachstumsfonds, ihrer Pfiffigkeit, mit
der sie eine jugendliche Einbrecherbande überführt hatten.

Doch ihre Sparpläne hatten nach drei Jahren schon einen er-
heblichen Anteil dieser Summe verbraucht, auch das drückte

etwas auf die gute Laune.

„Wir brauchten wirklich wieder mal einen kräftigen Schub auf unserem Extrakonto", stöhnte Ben und fuhr sich durch seine blonden Locken.

Seine Zwillingsschwester Betty war erstaunlicherweise auch seiner Meinung und nickte.

„Wir bekommen zwar für unsere Werbefotos noch regelmäßig Geld, letzte Woche waren wir dafür in einem Erlebnisbad. Das hat echt Spaß gemacht und wird auch gut honoriert.

Aber der Handy-Service für die Frauen im Altenheim funktioniert nur gut, wenn Feiertage in Sicht sind, was sehr schade ist. Ich bin aber trotzdem zufrieden mit dem, was wir bisher erreicht haben.

Wenn wir jedoch noch einmal eine solche Belohnung kassieren könnten, wie damals, als wir Kevin und seine Bande geschnappt hatten, würde ich mich auch sicherer fühlen."

„Oder noch besser, so etwas wie letztes Jahr im April, die Sache mit dem Spukhaus", rief Sporty stolz.

Damals hatten sie gemeinsam mit der Privatdetektivin Sophie und den Krimifrauen einen dreisten Einbrecher gestellt und dabei die Schatzkammer eines raffinierten Diebes entdeckt, in

der wertvolle Goldmünzen, Diamanten und seit langem ver-
misste Gemälde wieder gefunden wurden.
In diesem Fall waren auch die kleinen Detektive mit einem
unvorstellbar hohen Finderlohn bedacht worden
„Diese Belohnung war wie Geburtstag und Weihnachten für
zehn Jahre zusammen. Wenn wir so etwas noch einmal finden
könnten, das wäre super!"
„Aber damit haben wir auch unseren zweiten Sparplan ab-
schließen können. Wir können doch nicht erwarten, schon
wieder die Schatzkammer eines Einbrechers zu finden."
Fritzi lächelte bei ihrer Bemerkung und schüttelte nur gespielt
vorwurfsvoll den Kopf. Irgendwie konnte sie ja die Ungeduld
ihres Bruders auch gut verstehen.

„Wenn wir auf den zweiten Sparplan verzichtet hätten, wie ich
es damals vorgeschlagen habe, müssten wir uns jetzt keine
Sorgen machen. Das Geld würde locker reichen", maulte Ben,
deutlich in Richtung seiner Schwester.
Die kleinen Millionäre sahen sich überrascht an, aber da sie
genau wussten, wie Betty bei ihrem Lieblingsthema reagieren
würde, lehnten sie sich nur entspannt zurück und warteten
das Duell der Zwillinge ab.

Betty lächelte ihren Bruder leicht mitleidig an.

„Für alle, die im Denken etwas zurück geblieben sind, erkläre ich es noch einmal ganz langsam. Ich hoffe, du kannst mir folgen? Nehmen wir mal an, es gibt einen Wettkampf, an dem Familien unterschiedlicher Größe teilnehmen können.
Sieger ist die Familie, von der ein Mitglied zuerst im Ziel ist. Eine Familie erscheint mit einem Kind, eine andere mit drei Kindern. Was glaubst du, wer rein rechnerisch die größeren Chancen hat, als erste ins Ziel zu kommen?"

Ben tippte noch auf seinem Handy, weil er sich nicht gerne geschlagen geben wollte.

„Rein rechnerisch gewinnt natürlich die Familie mit den meisten Möglichkeiten. Und deswegen sollten wir wahrscheinlich sogar drei Sparpläne haben. Alles andere ist zu viel Risiko. Und wir haben ja noch eine Empfehlung von Tante Katja. Also Eins zu Null für dich." Jetzt grinste er wieder

„Ich finde Sporty hat mit der großen Belohnung trotzdem recht!"
Noddy, der meist rot wurde, wenn er in Gegenwart der Mädchen etwas äußerte, gab sich große Mühe, ruhig und über-

zeugend zu sprechen.

„Wir machen alle unsere Jobs und wir verdienen regelmäßig Geld, mehr als andere Kids, die so alt sind wie wir. Aber gemessen an unserem Ziel, der Million, ist der Zufluss nur tröpfchenweise.

Wenn wir aber durch eine Belohnung oder etwas anderes, wieder einen kräftigen Schub bekämen, dann kommen wir nicht nur schneller zum Ziel, wir fühlen uns auch bestätigt. Und das hilft uns, genauso weiter zu machen oder wirklich cool zu bleiben, wie Betty damals gesagt hat.“

Betty fühlte sich nach Noddys Bemerkung doch sehr geschmeichelt, zweifelte aber an dem weiteren Vorgehen.
„Also Leute, das geht doch nicht. Wir können doch jetzt nicht nur nach Fällen mit Belohnung schielen und alles andere außer Acht lassen. Ich helfe gerne, wenn Sophie und Oma Laura uns einsetzen. Man lernt so viel dabei.“
Lissy, die zwischen Betty und Fritzi saß und ihr Hündchen Hagrid auf dem Schoß hatte, wollte wie immer vermitteln.
„Natürlich können wir nicht nur nach Fällen mit Belohnung schielen, aber wünschen können wir uns doch so etwas oder ein anderes Abenteuer mit einem tollen Ergebnis. Das haben

wir schließlich schon einmal gemacht."

„Das stimmt", rief Sporty und sprang auf. „Die Bestellung beim Universum. Und ich dachte damals, das sei ein neues Versandhaus. Aber es hat super geklappt!"

Damals hatten sich die kleinen Millionäre Jobs gewünscht, die sie auch mit 10 oder 11 Jahren machen konnten. Alle hatten einen besonderen Wunsch auf einem Zettel festgehalten, voller Vertrauen, dass das Universum auch die schlimmste Klaue lesen konnte.

„Das könnten wir wirklich wieder machen", überlegte Ben.

„Sporty, funktioniert das Geheimfach noch?"

Der war schon auf dem Weg dahin und demonstrierte grinsend den Mechanismus der Klappe an dem selbstgebauten Wandfach, hinter der alle Geheimnisse sicher waren.

„Alles paletti! Keine Mäuse, alles sauber. Ich weiß auch schon, was ich mir wünsche", rief er und kritzelte eilig auf einem Zettel, „ich möchte einen Piratenschatz finden!"

Betty lächelte zwar, schüttelte aber tadelnd den Kopf.

„Wo hat es denn hier jemals Piraten gegeben?"

Sporty, ganz in seine Idee versunken, griente nur.

„Sei doch nicht so fantasielos! Denk an die Schatzinsel. Ich sehe das schon vor mir, ein einbeiniger Kapitän wie Long John Silver, auf der Schulter einen großen Papagei, der immer schreit: *Und ab die Rübe!* Irgendwo müssen die Typen doch auch an Land gegangen sein!"

"Und ab die Rübe, und ab die Rübe!" Alle wandten sich überrascht um. Aber da war kein krächzender Papagei, sondern Fritzi, die so etwas gut nachahmen konnte.

Während die anderen noch lachten, überlegte Sporty kurz und setzte dann fort.

„Oder noch besser, ich wünsche mir einen Topf voll Gold."

 „Ja, Pot o' Gold, das spiele ich immer bei Mahjong, da wäre ich auch dabei", stimmte Ben in die Begeisterung ein.

Fritzi lächelte nur. „Wenn es das ist, was du möchtest, dann kann ich dir sagen, wo du den findest. Meine Grandma Kate hat mir das oft erzählt:

Where rainbows end, in stories old,
lives Lucky Larry, so we're told.
Find this land and shake his hand,
then he will share his magic Gold.

Sporty schüttelte bedauernd den Kopf.

„Das Ende des Regenbogens habe ich, soweit ich mich erinnere, das letzte Mal mit drei gesucht. Na gut, dann wünsche ich mir zusätzlich noch irgendetwas Wertvolles, das vor langer Zeit versteckt wurde."

„Das wäre gut", bestätigte seine Schwester. „Ich wünsche mir, dass meine Perla etwas Tolles ausgräbt, das wir auch behalten dürfen."

Fritzi hatte schon diverse Erfahrungen mit einer gefundenen Münze und streichelte ihre Hündin zärtlich. Die hob ihren klugen Kopf, schaute sie so an, als ob sie alles verstanden hätte und bellte leise. Alle lachten.

„Springer läuft", schmunzelte Lissy und streichelte anerkennend über Perlas Kopf. „Könntest du das meinem Hagrid auch beibringen?"

Ben war in seinen Überlegungen schon weiter und wandte sich an Noddy.

„Vielleicht finden wir mit unserem Gesichter-Erkennungs-System einen Bankräuber, für den es eine hohe Belohnung gibt?"

Bisher hatten sie mit dieser Software, die sie sich gemeinsam ausgedacht hatten, schon auf einige üble Typen aufmerksam machen können. Sie wurden inzwischen regelmäßig von Maja aus der *Weiberwirtschaft* angefordert, um ihre Kandidaten für die Kontaktbörse zu überprüfen.

Während sich die beiden Erfinder dieser Software noch erwartungsvoll angrinsten, wurden sie schon von Betty gebremst.

„Träumt weiter! Als ob sich Bankräuber in den sozialen Medien präsentieren würden."

Ben verzog den Mund. Natürlich seine praktische Schwester, die jeden seiner geistigen Höhenflüge bremste und auch noch einmal nachsetzte.

„Erfindet lieber etwas, dass sich gut verkaufen lässt. Alles andere ist zu gefährlich oder Spinnerei. Ich sage nur Seile! Als ob du jemals irgendwo hochgeklettert wärst."

„ Das kann ich ja auch nicht, weil du dir damals in der Gebärmutter alle Sportgene geschnappt hast und mir blieben nur die schlauen fürs Gehirn. Und deshalb sind meine Seile auch ohne Klettern nützlich", grinste Ben jetzt überlegen. „Womit hättest du denn den Fahrer von der Katzen-Mafia fesseln wollen, ohne meine Seile?"

„Hört auf! Wünschen darf man sich alles", beendete Lissy den Disput und reichte Sporty die Wunschzettel.

„Das Universum kennt uns inzwischen schon sehr gut. Wir

bekommen nur das, was wir auch schaffen können.“

Als Sporty danach gemeinsam mit Noddy das Baumhaus wieder in Ordnung brachte, hatte er die Diskussion noch im Ohr und machte sich Gedanken. Damals hatte er zur Sicherheit gleich dreimal beim Universum bestellt und auch drei Jobmöglichkeiten bekommen.

Reichte das noch aus oder hätte er jetzt um sicher zu gehen, lieber vier Wünsche notieren sollen?

Lieferte das Universum möglicherweise auch noch nach, wenn was nicht klappte? Fragen über Fragen.

Er zuckte mit den Schultern. Man würde abwarten müssen, auch wenn das wirklich schwer war.

2. Kapitel,
in dem sich die kleinen Millionäre noch näher kommen und neue Wege gehen

„Wir ziehen um!" Fritzi Winter hätte es am liebsten laut gesungen und wäre dabei mit ihrem Hündchen Perla im Takt die Straße entlang gehüpft.

Gerade hatte sie mit ihren Eltern und ihrem Bruder Sporty das neue Haus angesehen.

Während die Eltern noch mit dem Makler redeten, war sie schon nach draußen gerannt, um die Umgebung zu sehen.

Das große Haus in zartem Gelb mit weißen Blenden, lag in der neuen Stadthaus-Siedlung, die rund um den alten Bahnhof entstanden war.

Es leuchtete förmlich in der Morgensonne und schien Fritzi das schönste Haus der Welt zu sein. Der große Garten hinter dem Haus war zwar schon grün, aber alles, was jetzt Mitte Mai bereits hätte blühen können, müssten sie erst noch einpflanzen.

Das hatte ihre neue Mum gesagt, die sie aber genauso wie Sporty Matka nannte. Dieses russische Kosewort für Mutter gefiel ihnen beiden am besten.

Auf jeden Fall gab es ausreichend Bäume, die Perla schon genauestens inspiziert hatte.

Fritzi holte tief Luft. Hier roch es auch neu oder irgendwie frischer. Sie hatte noch nie in einem völlig neuen Haus gewohnt, Sporty auch nicht.

Beide waren noch völlig hin und weg, wie groß ihre Kinderzimmer sein würden. Eigentlich sollte es jetzt Jugendzimmer heißen, immerhin waren sie schon dreizehn.

Genau genommen hatte Perla die Wahl des Zimmers bestimmt, denn sie war in das Zimmer rechts vom Flur gestürmt und hatte sich dort sofort niedergelassen.

Ohne irgendwelchen Streit hatte Fritzi deshalb das Zimmer links vom Flur Sporty überlassen, auch wenn es etwas größer war.

Immerhin nahm die Aufhängung für sein Rennrad viel Platz weg. Sie und ihr Wunderhund brauchten nicht so viel und da sie mit ihren bisherigen Möbeln umziehen wollte, würde das auch garantiert passen.

Super! Jetzt hüpfte sie doch ein wenig und ihr dunkelbrauner Pferdeschwanz wippte verwegen, als sie plötzlich ein pinkfarbenes T-Shirt bemerkte, in dem nur ihre Freundin Lissy stecken konnte.

Sie kam gerade mit ihrem Hündchen Hagrid aus dem Nebenhaus, das auch noch leerstand.

„Hast du schon gehört?" Fritzi konnte ihre Freude schlecht bremsen. „Wir ziehen um! Sporty und ich haben gerade unsere Zimmer angesehen."

Lissy schaute einen Moment überrascht, dann aber strahlte sie über das ganze Gesicht und ihre grünen Augen funkelten erfreut.

„Ihr zieht in die 4? Dann sind wir ja Nachbarn.

Wir ziehen in die 6. Das ist echt Mega! Und haben eure Eltern auch vorher nichts verraten?"

„Nein, es war ein großes Geheimnis", bestätigte Fritzi. „ Aber jetzt freue ich mich umso mehr."

Beide umarmten sich und hüpften auf der Stelle, begleitet vom Gejaule der Hunde, denen das Ganze besonderen Spaß zu machen schien.

Sporty, der angesichts der albernen Tanzerei, zurückgeblieben war, kam jetzt doch etwas näher und strich sich wie immer

seine kastanienbraunen Locken mit einem kühnen Schwung
zurück.

„Und habt ihr schon gesehen, wie unsere neue Adresse heißt?
Konstantin-Krösus-Straße!"

Dazu grinste er, als wüsste er um ein besonderes Geheimnis.

„Wer war denn dieser Krösus?"

Lissy fragte es etwas misstrauisch, da sie Sportys Mimik schon
gut deuten konnte und auch seinen besonderen Humor kannte.

„Konstantin Krösus war ein berühmter Historiker, das steht
doch dort auf dem Straßenschild.

Aber der Krösus, den ich meine, lebte lange vor der Zeitrech-
nung und er ist durch etwas ganz anderes berühmt geworden. Er war nämlich der reichste Mann der Welt. Ich finde,
das passt sehr gut zu unserem Club der kleinen Millionäre."

Jetzt lachten auch Lissy und Fritzi.

Das war wirklich eine gute Adresse für die Kids, die sich entschlossen hatten, aus eigener Kraft reich zu werden und die
inzwischen schon erfahrene Kleingeld-Helden waren.

Das anspruchsvolle Ziel, irgendwann die Million zu erreichen,
hatte sie wachsen lassen und ihre Freundschaft vertieft.

Auch wenn die Zwillinge Betty und Ben, ebenso wie Noddy inzwischen das Gymnasium besuchten, während Lissy, Fritzi und Sporty bald die 7. Klasse der Realschule beenden würden.

„Und wann zieht ihr um?", wollte Lissy wissen.

„Es dauert noch ein wenig", erklärte Sporty, „Onkel Mats und mein Dad bauen noch an meinem Hochbett, aber dann geht's los."

„Genauer gesagt, in zwei Wochen, ich bin schon so aufgeregt." Fritzi hätte am liebsten gleich losgelegt und auch Perla zog ungeduldig an der Leine, während Lissy's Hündchen Hagrid durch die neue Umgebung eher verängstigt wirkte.

„Wir ziehen schon am nächsten Wochenende, meine Eltern haben extra Urlaub genommen", berichtete Lissy.

„Und es ist toll, wie dicht beieinander wir jetzt alle sein werden. Ihr seid im Nebenhaus, zwei Querstraßen weiter wohnen Betty und Ben und wenn man diesen Schleichweg nimmt," sie deutete mit der Hand nach links, „kommt man ziemlich schnell zu Noddy."

„Es kommt noch besser", ergänzte Sporty. „Rechts von uns ist der alte Bahnhof, wo sich die Krimifrauen treffen und zu Oma Laura oder Sophie brauche ich höchstens drei Minuten mit dem Fahrrad. Und das Baumhaus, wo wir sonst hingehen, ist jetzt auch näher. Das ist alles wirklich Mega!"

„Ist dein Zimmer auch oben?" Fritzi hatte das hellblaue Nachbarhaus, das auch weiß verblendet war, interessiert betrachtet.

„Klar, du kannst es von hier aus sehen", bestätigte Lissy und deutete zu einem Fenster.

„Super!" Fritzi musste schon wieder vor Freude hopsen. „Da können wir uns zuwinken und geheime Nachrichten austauschen."

„Lissy brauchst du Hilfe beim Umzug?"

Sporty brachte sich mit dieser Frage in Erinnerung.

„Ich könnte deine Geldbäume tragen."

„Gerne", lachte Lissy. „Ich muss ja meine Reichtums-Ecke und all die anderen Dinge, die Geld anlocken, neu anordnen. Die anderen kommen auch, ich gebe euch Bescheid. Und dann helfen wir euch auch, wenn es soweit ist."

Und heute war es soweit. Sporty sah aus dem Fenster. Kein Regen, das war gut. Die Sonne war zwar schon aufgegangen, aber es war noch fürchterlich früh.

Er hätte gerne noch etwas geschlafen, aber seine Matka hatte alle aus den Betten gescheucht und ein letztes Frühstück im alten Haus vorbereitet.

In seinem Zimmer sah es aus, wie auf einem Umsteigebahnhof, nur Koffer, Taschen und gepackte Kartons.
Bloß sein Fahrrad stand ungewohnt einsam an der Wand, weil Onkel Mats die Aufhängung schon im neuen Haus angebracht hatte.
Sporty wartete gespannt darauf, was passieren würde.
Bei Lissy hatte ein großes Umzugsunternehmen alles gepackt und als sie ankamen, um zu helfen, blieben eigentlich nur noch Lissys Bücher, die Nähmaschine, ihre Bastelkästen und natürlich die Geldbäume.
Inzwischen war Lissy von ihrer Idee abgekommen, immer bei 50 Euro einen neuen Geldbaum zu pflanzen, sonst hätte sie bald einen Urwald gehabt. Aber immerhin hatte er stolz die Kiste mit den sechs Geldbäumen alleine getragen.
Bei der Einrichtung der Reichtums-Ecke, für die diese Bäume eine wichtige Rolle spielten, hatte Noddy geholfen.
Den Rest hatten sie den Mädchen überlassen, die in endlose Diskussionen verfallen waren, wenigstens aus seiner Sicht.

Wahrscheinlich ging es wieder um Mode, etwas, das seiner Meinung nach nicht unbedingt wichtig war, auf keinen Fall so wichtig, wie Fahrräder oder Radrennen oder Sport überhaupt.

Nach dem Frühstück ging dann bei ihrem Umzug auch alles ganz schnell.
Sein Dad, Onkel Mats und die vier stärksten seiner Männer, luden in Windeseile alle Sachen auf zwei LKWs.
Für Sporty und Fritzi blieben nur noch die Dinge, die ihnen besonders wichtig waren und natürlich Perla.

Als sie mit ihren Fahrrädern am neuen Haus ankamen, waren die meisten Möbel schon im Haus. Ihre Matka gab im Flur Befehle wie ein General, wo etwas hinkam oder wo was zu stehen hatte, während Tante Charly, die Polizistin, in der Küche schon die belegten Brote vorbereitete.
 Da die Kinder- oder besser Jugendzimmer schon bestückt waren, zogen sich die beiden vorsichtshalber mit ihren Helfern in ihre Räume zurück.
Lissy, Betty, Ben und Noddy, die schon Erfahrungen von Lissys Umzug hatte, fingen gleich an, Bücher auszupacken und die Regale zu füllen.
„Noddy, wo genau muss denn in meinem neuen Zimmer die

Reichtums-Ecke sein?" Sporty rief ganz bewusst nach dem Jungen, mit der roten Stoppelfrisur, denn der hatte ihnen ganz am Anfang erklärt, mit welchen Tricks und Details, man nach dem Feng Shui, Reichtum anlocken konnte.

Noddy stellte sich in die Tür und zeigte die Richtung.
„Immer von hier aus, die linke, hintere Ecke. Willst du da die Maske mit dem Dämon hinhängen, dem du die Nase vergoldet hast, damit du dir auch eine goldene Nase verdienen kannst?"
Sporty grinste. „Nein, die kommt diesmal an die Tür."
Dann sah er sich unschlüssig um. „Was würde denn am stärksten in der Reichtums-Ecke wirken?"
Noddy grinste jetzt auch. „Ich sehe, du hast es schon wieder eilig. Meine Mama hat mir erzählt, das manche Menschen dort auch Geldkröten haben, das sind diese grimmig blickenden, grünen Kröten, die eine Münze im Maul haben.
Vielleicht hast du dann auch mehr Kröten auf deinem Konto.
Bei mir sind in der Reichtums-Ecke Dinge, die rot sind und Energie bedeuten oder golden sind wie Spielmünzen oder Goldbarren, die für Wohlstand stehen."
„Oder ein goldenes Fahrrad", rief Fritzi und überreichte Sporty ein Bild von seinem Streethammer-Rad, und seinen Medaillen,

das sie großzügig vergoldet hatte.

„Das haben wir für dich gebastelt, Lissy, Betty und ich. Und unser Dad hat den Rahmen gebaut."

Sporty so sprachlos, wie in diesem Moment zu erleben, hatte sicher Seltenheitswert.

Er schluckte etwas mühsam, fand aber dann wieder zu seiner Lässigkeit zurück.

„Danke! Da kann ich nur sagen, eins rauf mit Mütze für alle drei! Das ist echt super!"

Bevor er sich weiter äußern konnte, hatten Betty und Noddy das Bild bereits in der Ecke aufgehängt.

Er warf noch einen Blick durch den Raum. Das Hochbett über seinem Schreibtisch war etwas, was er sich schon immer gewünscht hatte. Außerdem hatte er jetzt auch auf dem Tisch viel mehr Platz für seinen neuen Laptop, ohne den er mittlerweile kaum noch auskam. Neben der Leiter hingen die neuen Smart Wearables, die für das Training nützlich waren.

 Die Reichtums-Ecke war passend und hoffentlich wirksam bestückt, einige der dicken Bücher von Onkel Mats standen schon im Regal, sein Rad war wieder in der vorgesehenen Halterung. Damit war sein Zimmer startbereit.

Zeit, bei Fritzi weiter zu machen!

„ Hast du deine Spardose schon aufgestellt? Fritzi hat nämlich etwas ganz Besonderes."

Schon drängten alle in das Zimmer auf der anderen Seite des Flures, wo Fritzi stolz ihre neue Spardose in Form von Big Ben, dem berühmten Glockenturm in London, präsentierte.

„Hier im Regal neben der Spardose habe ich auch die drei Gläser für die Ausgaben, das für die Schule, das zum Naschen und das ist mein Spaßglas."

„Die hat bestimmt Lissy verziert", stellte Betty andächtig fest.

„Das ist schon eine richtig tolle Deko. Dazu passt auch ein Geschenk von Lissy und mir. Ich habe den Blumentopf vergoldet und von Lissy kommt das Geldbäumchen, damit dein Geld schneller wächst."

Dann flüsterte sie Fritzi noch zu: „Falls mein Bruder auch so eine Spardose möchte, musst du das unbedingt verhindern. Wenn Ben auch noch einen Big Ben bekommt, dann dreht er völlig durch."

„Die Reichtums-Ecke hast du gut ausgewählt", lobte Noddy, der sich mit auf dem Rücken verschränkten Armen interessiert umsah. „Oh, das ist hübsch! Du hast Bilder gemalt."

„Natürlich nicht", lachte Fritzi.

„Ich bin auch beim Malen völlig talentfrei. Die Figuren sind aus dem Internet und dann habe ich sie mit Photo-Shop und Lissys Hilfe kombiniert. Das sind alles Motive aus Märchen, in denen Gold vorkommt.

Hier ist die goldene Gans, daneben die Goldmarie aus Frau Holle, der Goldesel aus Tischlein-deck-dich, darüber der Froschkönig mit der Goldkugel, die Müllerstochter, die Gold spinnt aus dem Rumpelstilzchen und Rapunzel mit dem Goldhaar."

„Das ist echt eine supertolle Idee", bestätigte Ben und sah seine Schwester an. „Wieso fällt uns so etwas Cooles nicht ein?"

„Und in die Freundschaftsecke hängst du dann Prince Damian, oder?", feixte Betty. Lissy, die spürte, dass Fritzi ihre Schwärmerei peinlich war, zog sie zur Seite. „Ich finde den auch cool, besonders den Schmuck über der Augenbraue."

„Das könnte ich auch machen", grinste Noddy. „Aber ob ich dann besser singen kann?"

Alle lachten noch, als Daniel Winter, Fritzis und Sportys Vater, mit einem Riesenteller belegter Brote und einigen Flaschen Eistee ins Zimmer kam. „Ihr wart schon so fleißig Kinder! Jetzt stärkt euch erstmal."

Die Stühle reichten noch nicht, also saßen die meisten auf

dem Boden.

„Was macht denn deine Oma, wenn ihr alle ausgezogen seid. Schließt sie jetzt auch ihre Praxis?"

Fritzi richtete ihre Frage etwas beunruhigt an Lissy, weil Frau Herz, die Psychotherapeutin, ihr sehr geholfen hatte, als sie noch die dicke Friederike war. Und so jemanden in der Nähe zu haben, war doch sehr beruhigend.

Lissy schüttelte den Kopf und lächelte. „ Nein, aber sie will nicht mehr so viel arbeiten. Deswegen wird unser altes Haus jetzt umgebaut, für eine Wohngemeinschaft mit ihren Kollegen, die dann auch gemeinsam die Praxis übernehmen."

„Das ist echt super." Fritzi lehnte sich bequem zurück, um sich wieder ihrem derzeitigen Lieblingsthema zu zuwenden.

„Ich finde es so toll, dass wir jetzt alle so dicht zusammen wohnen!" Fritzi freute sich so darüber, dass sie es bestimmt schon zwanzig Mal erwähnt hatte.

„Zur *Weiberwirtschaft,* wo wir die Lieferungen abholen, ist es nicht weit und zum Sender brauche ich auch nicht länger als vorher."

Schon über ein Jahr war Fritzi Moderatorin in einer wöchentlichen Sendung über Tiere und hatte immer noch großen Spaß daran.

Lissy schaute nach dieser Äußerung etwas entmutigt. „Du hast es gut, aber ich muss mir einen neuen Job suchen. Die Hunde, die ich vorher betreut habe, sind einfach zu weit weg. Und die Designerin, mit der ich arbeiten durfte, ist in eine andere Stadt gezogen"

„Das ist überhaupt kein Problem", beruhigte sie Sporty. „Du hast ein Fahrrad und bist schnell genug. Da kannst du erstmal bei meinen Kurieren mitmachen, bis sich etwas Neues ergibt. Wir haben zurzeit wirklich viel zu tun, seit wir auch diesen schicken Modeladen von Chrissie übernommen haben."

„ich bin dabei", freute sich Lissy.

Aber Sporty war noch nicht fertig. „Und vielleicht bekommen wir ja dann schon das neues Abenteuer. Kann man beim Universum eigentlich auch mal nachhaken, wann es endlich losgeht?"

Lissy kicherte zwar über seine Ungeduld, schüttelte dann aber tadelnd den Kopf. „So was kannst auch nur du fragen. Ich weiß, Geduld ist nicht gerade deine Kernkompetenz, du stehst eher auf Tempo. Aber hier musst selbst du warten!"

3. Kapitel,

in dem ein Baby und das Klima gerettet werden

Der Juni hatte mit einer Serie warmer Tage begonnen, die sich bereits wie Ferien anfühlten. Die Sonne schien unermüdlich vom azurblauen Himmel und lockte alle ins Freie, in Schwimmbäder, in Parks oder noch weiter in die Natur. Eigentlich waren die kleinen Millionäre mit den Gedanken schon in den Ferien oder warteten auf den Geldregen aus dem Universum, als Ben einen Rundruf startete.

„Sophies Baby, die kleine Laurie, ist entführt worden! Die kleinen Detektive werden gebraucht."

Dann folgte eine Einsatzliste, wer wann, wie helfen könnte.

Am nächsten Morgen meldeten sich Sporty und seine Schwester Fritzi mit ihrem Hund bei Sophie.

„Oma Luisa hat Ben informiert und der hat uns in Schichten eingeteilt. Wir sind die ersten."

Seine Schwester ergänzte mit einem gewissen Stolz. „Perla ist schlau, die findet bestimmt noch eine Spur. Außerdem können wir den kleinen Leon bewachen, wenn ihr arbeitet, ich kann jetzt auch schon Karate."

Sophie musste unwillkürlich lächeln. „Müsst ihr denn nicht zur Schule?"

Die beiden grinsten sich bei dieser Frage in stillem Einverständnis an, so waren Erwachsene eben!

Dann lächelte Sporty. „Heute ist doch Feiertag, da haben wir frei."

„Stimmt ja." Sophie, die kaum geschlafen hatte, massierte sich die Schläfen. „Lasst Perla ruhig im Garten suchen. Wenn da etwas ist, dass weiterhilft, umso besser."

Nachdem Perla den äußeren Gartenzaun abgesucht hatte, bellte sie an einer Stelle, die ziemlich dicht am Haus lag.

Felix, der die beiden begleitete, nickte erstaunt. „Stimmt, hier kamen sie über den Zaun."

„Dort liegt etwas." Noch ehe er ausgesprochen hatte, war Sporty schon über den Zaun geflankt und hatte zwei Zigarettenkippen und etwas aus Pappe mit Streichhölzern in einen Plastikbeutel gefüllt, den ihm Fritzi durch die Zaunlatten reichte. Mit diesen Fundstücken kehrten sie stolz zurück.

„Perla hat die Stelle gefunden, wo die Kidnapper über den Zaun sind. Felix sagt, dass es stimmt. Vermutlich haben sie auf der anderen Seite gewartet, denn wir haben zwei Zigarettenkippen und etwas mit Streichhölzern gefunden."

Stolz legten beide ihre Errungenschaften auf den Tisch, natürlich vorschriftsmäßig eingetütet.

Sophie warf einen Blick auf das Streichholzheftchen. Mit Werbung auch noch, so etwas gab es doch nur noch in alten Krimis!

„Domino-Club" las sie vor. „Nie gehört, wo ist der denn?"

„Das ist ja interessant", rief Claire, von den Krimifrauen, die gerade Essen vorbeigebracht hatte.

„Meine Nichte arbeitet in der Drogerie am Stadtpark. Gestern hat sie mir erzählt, dass der Juwelier nebenan ganz plötzlich geschlossen habe. Sie ist überzeugt, dass der ausgeraubt wurde und dass die neue Putzfrau dahinter steckt. Deren Freund ist Türsteher in diesem Club. So ein Zufall! Aber was hat das alles mit der Entführung zu tun?"

„Eine ganze Menge", rief Oma Laura. „Wir vermuten, dass einer der Räuber einen Beutel mit Diamanten in den Kinderwagen geworfen hat und jetzt wollen sie den zurück. Deshalb haben sie den Kinderwagen gestohlen und Laurie benutzen sie als Druckmittel."

„Das arme Baby", flüsterte Fritzi. „Sie muss doch fürchterliche Angst haben."

„Aber wir werden sie retten!" Davon war Sporty fest überzeugt. „Lass uns jetzt lieber den kleinen Leon bewachen."

Als Oma Laura frische Limonade aus dem Haus geholt hatte,
sah sie nach Sporty und Fritzi. Die saßen neben dem Kinder-
wagenersatz auf der Gartenbank und häkelten beide eifrig.
Überrascht wandte sie sich an den großen Jungen mit dem
kastanienbraunen Wuschelkopf. „Du häkelst?"
Der grinste nur schelmisch. „Na klar, Jungs können das auch,
schon wegen der Gleichberechtigung. Aber ich mache nur die
geraden Teile und Fritzi häkelt sie dann zusammen."
„Lissy verschönert sie noch und dann werden sie von Betty
verkauft", setzte Fritzi fort.
„Ach so, ihr arbeitet wieder an eurer Million?"
„Nein, das machen wir fürs Klima."
Das überraschte Oma Laura jetzt wirklich. Bisher fand sie es
schon toll, dass diese Kinder schon mit 10 Jahren den Club
der kleinen Millionäre gegründet hatten und inzwischen mit
13 bereits stabilere Wertanlagen, als manche Erwachsene hatten. Und jetzt dachten sie auch auf anderen Gebieten über
den Tellerrand hinaus.
„Ich verstehe, Fridays for Future. Aber da machen doch

die meisten Schulstreik."

„Wir nicht", belehrte sie Sporty. „Wir sind doch nicht blöd. Wenn wir die Taschen verkauft haben, bekommt Felix von Plant-for-the-Planet das Geld. Das ist eine Stiftung, in der Kinder auf der ganzen Welt Bäume pflanzen."

„Und das ist für das Klima viel besser, als eine Menge Kinder, die die Schule schwänzen und dumm bleiben."

Fritzi hatte ihre Meinung überzeugt kundgetan und nickte noch einmal bestätigend.

Sporty hatte währenddessen das Gartentor beobachtet und grinste jetzt. „Ich schätze, da kommt unsere Ablösung. Wir müssen nämlich zum Essen nach Hause. Heute ist Männertag, da gibt es auch Männeressen, unser Dad grillt. Aber dann kommen wir wieder und fahren Streife. Falls jemand das Haus beobachtet, kriegen wir das raus. Tschüs, kleiner Prinz."

Damit beugte er sich kurz zu dem kleinen Leon und informierte dann Lissy und Noddy, die schon an der Gartentür warteten.

 Als Fritzi und Sporty nach dem Essen wiederkamen, herrschte große Aufregung, denn die Kidnapper hatten sich gemeldet. Allerdings traute ihnen keiner so recht, deshalb hatten Noddy und Lucky Luke, der neue Nachbar, einiges vorbereitet, damit bei der Übergabe wirklich nichts schief gehen konnte. Noddy weihte die anderen ein.

„Oma Laura hat Tracker in den Beutel mit den Diamanten eingenäht, damit können wir den Entführern auch nach der Übergabe folgen. Wir haben eine Handy-App vorbereitet, mit der wir nachvollziehen können, wohin sie gehen oder fahren. Die aktiviere ich jetzt bei jedem von uns."

Nachdem die Entführer verlangt hatten, dass Oma Laura die Übergabe vornehmen sollte, schlug Sporty vor.

„Wir könnten doch in einem sicheren Abstand mit den Rädern folgen, falls Oma Laura Hilfe braucht. Wir fallen doch nicht auf."

„Und wir hätten Perla für alle Fälle dabei", unterstützte Fritzi die Strategie.

„Das ist eine sehr gute Idee!" Sophie zeigte anerkennend den Daumen, zog sich kurz entschlossen ähnliche Caprijeans und Shirts an wie die Mädchen und reihte sich mit Lissys Fahrrad in die Streife der kleinen Detektive ein, die die Übergabe aus der Entfernung beobachteten wollten. So sah man ihr die Privatdetektivin garantiert nicht an.

Lissy, die mit ihrem Hündchen Hagrid in der Zwischenzeit den kleinen Leon bewachen würde, winkte ihnen noch nach.

Im Stadtpark waren nur wenige Menschen unterwegs, sicher wegen des regnerischen Wetters. Nur am Ententeich campierte eine unentwegte Männertruppe mit einem Bollerwagen voller Bierkästen.

Oma Laura ging vorsichtig vorbei, man konnte ja nie wissen. Die kleinen Detektive folgten ihr mit ziemlichem Abstand.

In der Nähe des Ententeiches stoppten sie sofort, als sie sahen, dass Oma Laura mit einer Frau sprach. Die zog den Zwillings-Kinderwagen hinter sich her, musste also die Kidnapperin sein. Gleich würde die kleine Laurie frei sein.

Aber dann entwickelte sich alles anders.

Oma Laura kämpfte mit der Frau, die sich plötzlich losriss und im Gebüsch verschwandt.

„Hinterher!" Ben brüllte fast, aus Sorge den Anschluss zu verlieren. Aber Noddy winkte ab und deutete auf sein Handy. Die Tracker funktionierten.

„Habt ihr das gesehen? Die wollten uns reinlegen, in dem Kinderwagen ist nicht die kleine Laurie." Sporty, der größer als die anderen war und weiter sehen konnte, hatte das Mienenspiel von Oma Laura richtig gedeutet.

Entschlossen folgten die Kids jetzt der Frau, die mit ihren Absatzschuhen nicht allzu schnell war. Sie fuhren langsam und wechselten sich dabei ab, um auf keinen Fall den Anschluss zu verlieren.

Als die Frau dann an einer Tankstelle verschwandt, merkten sie, dass die App stoppte.

Aber Noddy winkte wieder ab, er wusste, dass Oma Laura clever war. Auf irgendeine Weise hatte sie einen Tracker an der Kleidung der Frau befestigt.

Die Kids hatten inzwischen auf den verbliebenen Tracker umgeschaltet und Sophie folgte ihnen einfach mit Abstand, aber immer noch erstaunt über die Cleverness ihrer Großmutter.

Es dauerte offensichtlich einige Zeit, bis die Frau merkte, dass sie verfolgt wurde. Gerade als sie auf einen Hauseingang zuging, sah sie aufmerksam zur Seite, stoppte kurz und ging dann so desinteressiert weiter, als hätte sie das Haus nie betreten wollen.

Ben gab den anderen das verabredete Handzeichen und auf dieses Signal hin, kreisten die Kids die Frau ein, ohne ihr zu nahe zu kommen.

Als sie jedoch nach ihrem Handy griff, um Hilfe zu rufen oder jemanden zu warnen, sprang Perla fast aus ihrem Fahrradkörbchen. Sie bellte so laut, dass die Frau vor Schreck ihr

Smartphone fallen ließ.

Sporty, der schnellste der kleinen Detektive, stellte es sicher und rief Sophie zu, die gerade mit Oma Laura in die Straße einbog. „Das graue Haus mit den gelben Fensterläden."

Hinter Sophie kamen bereits die Kollegen von Felix, um die Frau festzunehmen.

Als Sophie endlich mit der kleinen Laurie auf dem Arm aus dem Haus trat, jubelten nicht nur die kleinen Detektive, sondern alle, die an dieser Aktion teilgenommen hatten.

Ben lobte seine Fahrrad-Detektive und natürlich auch Fritzi und Sporty, die mit Perla wichtige Hinweise geliefert hatten.

„Diesen Fall haben wir erfolgreich gelöst. Damit haben wir deutlich gemacht, was wir erreichen können, wenn wir zusammenhalten. Und jetzt kann das Universum endlich liefern."

4. Kapitel,
in dem eine ganz wichtige Frage geklärt wird und eine erwartete Antwort noch offen bleibt

Der Juni hatte mit warmen Tagen begonnen, aber nach einem heftigen Gewitter wurde es fast unerträglich heiß. Jeden Tag kletterte das Thermometer auf tropische Temperaturen, so dass es in der Schule schon zweimal hitzefrei gegeben hatte.

Der Club der kleinen Millionäre traf sich in dieser Zeit am allerliebsten in Sportys Baumhaus.

In luftiger Höhe und unter dem breiten Blätterdach war die Hitze kaum zu spüren und es wehte immer eine angenehme Brise.

Nachdem die umfangreiche, geheime Bestellung beim Universum bereits vor einem Monat stattgefunden hatte, waren alle auf Neuigkeiten gespannt. Sporty hatte die Bestellungen aus dem Geheimfach geholt und da seine Kritzelei oben lag, begann er.

„Ich wollte ja was Tolles finden, aber abgesehen vom Umzug hat es bei uns keine Änderungen gegeben. Unser Haus ist neu, da kann man auch keine Schätze im Keller oder unter dem Dach finden", erklärte Sporty etwas deprimiert.

„Aber dann habe ich in der Kiste von Onkel Mats ein Buch entdeckt, das heißt *Sie können alles haben, was Sie wollen!* Prima dachte ich, ich will einen Schatz finden. Was muss ich machen?"

Seine Schwester Fritzi grinste schon, denn sie wusste genau, wie es ausgegangen war.

„In dem Buch ging es um subliminale Techniken."

„Subliminal, was soll das denn sein?" Ben reagierte sofort misstrauisch.

„Genau weiß ich das auch nicht. Im Buch steht, man bekommt unterschwellige Suggestionen und die helfen, dass man alles erreicht, was man möchte."

„Und das klappt auch?" Auch Betty war jetzt sehr aufmerksam, denn wenn sowas funktionieren würde, dann könnte vieles einfacher werden.

„Zum Buch gibt es auch eine CD, die einen anleitet. Fritzi und ich mussten uns auf den Boden legen, um zu entspannen. Dann kam leise Musik und eine Stimme, die sagt, was man machen soll. Ich sollte mir vorstellen, wie ich eine Schatzkiste aus der Erde ausgrabe. Mann, war die schwer und groß. Ich war gerade dabei, sie zu öffnen..."

„Und dann?" Lissy konnte die Kunstpause von Sporty kaum noch ertragen.

Der grinste nur. „Na ja, dann bin ich eingeschlafen. Und Fritzi auch. Also auf der ganzen Linie, *big shit!*"

 Fritzi übersetzte nicht, denn sie wusste, dass das jeder verstanden hatte.

Sie nickte nur und streichelte ihre Hündin. „Die Musik war sehr schön, aber das war's dann auch. Meine Perla hat auch noch nichts ausgegraben. Vielleicht wird es besser, wenn wir im nächsten Monat zu Grandma Kate nach Canterbury fahren. Da gibt es jede Menge alter Gemäuer. Dort kann man eher etwas finden, was vor langer Zeit vergraben wurde. Und wie ist es bei euch?"

Das kollektive Kopfschütteln bestätigte ihre Einschätzung, noch war nichts passiert.

„Und dabei haben wir eine Menge gemacht", bekräftigte Betty, „ich wenigstens. Ben hat nur recherchiert, aber ich habe regelrecht gefahndet, weil ich etwas Bestimmtes finden wollte.

Vor kurzem hatte ich im Fernsehen eine Frau gesehen, die bei „Bares für Rares" ein Bild verkaufen wollte, das vom Vater oder Großvater stammte und lange Jahre auf dem Dachboden lag. Dort hat sich dann herausgestellt, dass es von einem etwas unbekannteren Künstler aus der Kunstgemeinschaft „Brücke" stammte. Sie hat dafür über 30.000 Euro kassiert."

„Also hast du euren Dachboden durchforstet", griente Sporty. „Wenn du was Gutes gefunden hast, kann es unser Dad verkaufen. Wir waren schon mal auf einer Auktion."

„Das habe ich leider nicht. Unseren Dachboden kenne ich schon", stöhnte Betty.

„Aber ich war auch bei den Großeltern. Nur war bei denen ebenso tote Hose. Nichts Besonderes, keine großen Schränke oder Schrankkoffer, wie man das in den Filmen oft sieht. Ich habe einen einzigen Kerzenständer gefunden, der hat mir genau zwei Euro eingebracht und die habe ich mit Ben geteilt."

„Das ist immer noch besser als nichts", stellte Ben betrübt fest. „Ich hatte eigentlich eine wirklich geniale Idee aufgeschrieben. Seit Jahren gibt es spektakuläre Raubüberfälle und oft wird nur ein Teil der Beute entdeckt. Ich nenne nur zwei, die nicht ganz so lange zurück liegen 1997 war ein Postraub in Zürich bei dem 53 Millionen Franken erbeutet wurden. 2003 gab es einen Überfall auf das Diamond Center in Antwerpen. Die Beute waren Edelsteine im Wert von 100 Millionen. In beiden Fällen wurden die Täter irgendwann geschnappt, aber rund die Hälfte der Summe ist bis heute verschwunden. Wenn man davon etwas finden würde…"

Betty grinste schon wieder und unterbrach ihn. „Mein Bruder auf Edelsteinjagd in Belgien, wie soll das denn gehen?"
„Keine Ahnung", murmelte Ben. „Aber du weißt auch nicht alles besser, nur weil du acht Minuten früher geboren bist."
„Ach erinnere mich nicht daran. Was war das schön, als ich noch ein Einzelkind war!"
Betty funkelte ihren Bruder an, musste dann aber mit lachen, als alle in Gelächter ausbrachen.
„Na ja, manchmal gibt es ja wertvolle Dinge auch in unserer Nähe", warf Lissy ein.
„Erinnert ihr euch an den Einbruch im Museum und den großen Stein, den Oma Laura immer Klumpen genannt hat?
In Wirklichkeit war er doch ein Tansanit und millionenschwer. Und keiner hat es gewusst. Deswegen habe ich eine ähnliche Idee aufgeschrieben. Was wäre, wenn es irgendwo unbekannte Steine gäbe, von denen man noch gar nicht weiß, dass sie sehr wertvoll sind?"

„Die Idee ist gar nicht übel", überlegte Ben. „Hast du schon recherchiert?"

„Natürlich und sogar ausgiebig", lächelte Lissy. „Ich weiß, was ich am liebsten finden würde, einen Grandidierit. Der ist grün, also ungefähr die Farbe meiner Augen und wurde bisher nur zweimal gefunden. Damit wäre er unbezahlbar."

„Und wo wolltest du suchen?" Fritzi sah Lissy fragend an.

„Du kannst doch nicht, wie Oma Laura in die Lagerräume eines Museums gehen."

„Das weiß ich. Deshalb habe ich die zugänglichen Sammlungen geprüft und war auch in zwei Läden, die jede Menge Trommelsteine haben, aber da war nichts. Das ist echt enttäuschend. Und du Noddy, was hast du gemacht?"

Der grinste verlegen und hob seine leeren Hände.

„Ich habe mich an Bettys Orientierung gehalten und wollte etwas Vernünftiges erfinden, das man verkaufen kann."

„Und, was ist es?" Betty war von seiner Antwort bisher ganz angetan.

„Ich sagte, ich wollte, aber bis jetzt hatte ich überhaupt keine Idee, nicht einmal eine dumme!"

„Eigentlich ist das doch sehr ungewöhnlich", überlegte Lissy.

„Bei der letzten Bestellung beim Universum hatten wir eine

prompte Reaktion. Erinnert euch, wie viele Angebote
wir damals hatten."

Betty nickte, schränkte danach aber ein. „Vielleicht ist das,
was wir uns diesmal bestellt haben, etwas größer und wir
müssen deshalb deutlich länger warten. Also machen wir einfach weiter. Bevor wir aber zu der Frage kommen, die uns
Tanja geschickt hat, möchte Ben, unser Kommissar, noch etwas sagen."

„Ich soll euch noch einmal im Namen von Sophie und Felix
Danke sagen, für die Rettung der kleinen Laurie. Als Fahrrad-
Detektive wären wir super gewesen. Das finde ich auch!
Außerdem war das wirklich eine coole Aktion, wie wir die Frau
eingekreist haben. Wir hätten eigentlich gar keine Polizei ge-
braucht."

Ben begeisterte sich noch in Erinnerung daran und hätte am
liebsten allen auf die Schultern geklopft. „Und natürlich gibt es
eine extra Ladung toller Kekse von Oma Laura. Sporty hat sie
mitgebracht und vermutlich auch schon vorgekostet."

Der grinste nur, während er noch kaute und die Riesenschüs-
sel mit Plätzchen auf den Tisch stellte.

Verständlicherweise war es einige Zeit ruhig, bis Noddy sich
interessiert vorbeugte. „Was hat denn Tanja für eine Frage?"

„Ihr wisst doch, dass Tanja als sie mit ihren Eltern an die Küste gezogen ist, versprochen hat, dort auch einen Club der kleinen Millionäre zu gründen", antwortet Fritzi, die den Kontakt hielt. „Je mehr Kids das tun, um so besser."

„Klar", ergänzte Sporty, „wir müssten uns weltweit verbreiten!"

„Und dazu muss man aber eine Menge wissen."

Fritzi war froh, die Frage weiter geben zu können. „Tanja wurde gefragt, was denn passiert, wenn unsere Fonds fallen. Sind wir dann pleite?"

Betty lächelte verständnisvoll. „Lissy hat mich auch schon darauf angesprochen.

Aber erinnert euch, als wir über die Geldanlage in Fonds gesprochen haben, sagte ich, dass es keine Garantie für ein ständiges Wachstum gibt."

„Das stimmt", bestätigte Ben seine Schwester.

„Wir profitieren aber von der langen Laufzeit. Bis wir mal zwanzig oder dreißig sind, kann noch viel passieren."

„Auch das ist richtig", setzte Betty fort und ließ die andern noch etwas zappeln, denn bei diesem Thema fühlte sie sich sehr sicher.

„Wenn ein Fonds fällt, ist das zurzeit wirklich kein Problem, denn durch unseren Sparvertrag profitieren wir vom Cost-Average-Effekt."

Sporty fuhr sich frustriert durch die Haare. „Betty, du hast es wirklich drauf! Hast du bei Google nach dem schwierigsten Wort gesucht? Fritzi, du grinst. Wahrscheinlich weißt du schon wieder, was es heißt. Klär mich auf."

„Es heißt einfach Durchschnittskosten. Aber mehr weiß ich auch nicht, deshalb sollte Betty weiterreden können."

Zur Sicherheit boxte Fritzi an den Oberarm von Sporty, das hielt ihn am besten zurück.

„Durch diesen Effekt", setzte Betty fort, „gewinnen wir sogar, wenn der Kurs fällt. Weil wir eine feste Summe sparen, bekommen wir in diesem Fall mehr Anteile.

Stellt euch einfach vor, der Kurs läge bei 2,50 EUR, dann bekämen wir für die 25 EUR, die wir monatlich für den ersten Fonds sparen, 10 Anteile, richtig Sporty?"

Der nickte nur gespannt.

„Wenn der Kurs aber gefallen ist und der Fondpreis bei 1,25 EUR liegt, dann bekommen wir 20 Anteile, die später wieder steigen können. Noch haben wir ja Zeit."

„Das verstehe ich auch ohne Taschenrechner", lachte Sporty.

„Nur gut, dass wir auch so einige Chancen haben, unser Ex-

trakonto gut zu füllen. Und das Universum wird schon noch reagieren, das fühle ich in meinen Knochen."
Als die anderen lachten, erklärte er. „Das sagt mein Onkel Mats immer. Und der hat meistens recht."

Wie immer nach dem Treffen brachten Sporty und Noddy das Baumhaus wieder in Ordnung. Als beide anschließend ihre Räder aus dem Hof der Firma holten, rief sie Onkel Mats zu sich.
„Ich habe da was für dich." Er reichte Sporty ein dickes altes, schon etwas lädiertes Buch.
Der nahm es, las den Titel „Das Leben der Schmetterlinge" und sah seinen Onkel fragend an.
„Was soll ich denn damit? Hexenbücher wären mir jetzt lieber gewesen oder eine alte Schatzkarte."
Noddy, der das Buch kritisch betrachtete, grinste.
„Das hätte jetzt echt gut gepasst. Wir wollen nämlich unbedingt einen Schatz finden."
Dann aber wurden seine Augen immer größer, als Onkel Mats das Buch aufschlug und ein loses Blatt hervorzog.
„Ich schätze, das ist so etwas ähnliches, hat jedenfalls die Nachbarin von dem alten Mann behauptet, dessen Wohnung

wir heute geräumt haben.

„Aber eine Schatzkarte muss doch irgendwelche Koordinaten oder Hinweise haben, damit man die Stelle findet, wo etwas vergraben ist. Sowas wie: Bei Sonnenaufgang gehe 5 Schritte bis zum Felsen, oder so." Noddy beugte sich interessiert über das Blatt.

„Für mich sieht es so aus, als hätte jemand ein Stück abgerissen, vielleicht war das die Karte", mutmaßte Onkel Mats.

„Man müsste es lesen, aber ich kann mit diesen Buchstaben nichts anfangen."

Auch die beiden Jungs konnten nur Buchstaben erkennen, sie aber nicht deuten. „Das ist weder Englisch, noch Französisch oder Russisch", erklärte Noddy, der Unterricht in diesen Sprachen hatte.

„Es ist auch nicht arabisch, denn dann wäre es von rechts nach links geschrieben. Hab ich irgendwo gelesen", wiegelte Sporty ab, als ihn sein Onkel erstaunt ansah.

Dann grinste er wieder und zog sein Handy aus der Fahrradhalterung.

„Ich weiß, wer mir helfen kann. Markus kann das ganz bestimmt lesen und erklären. Er ist doch Schriftsachverständiger. Dann kennt er auch diese komische Schrift."

Markus war der neue Mann in Oma Lauras Leben. Laura war natürlich nicht Sportys richtige Oma, so eine hatte er nie gehabt. Aber da sie zu den Krimifrauen gehörte und immer gemeinsam mit ihm zum Observieren ging, um Verdächtige zu beobachten, hatte er sie zu seiner Oma ehrenhalber erklärt.

Und Markus war genau das, was jetzt gebraucht wurde und glücklicherweise auch zuhause, als Sporty anrief. Und natürlich nahm er sich auch gleich Zeit für das geschilderte Problem.

Sporty bedankte sich bei Onkel Mats, verabschiedete sich von ihm und Noddy, packte das Buch mit dem interessanten Blatt in den Transportkorb am Rad und preschte davon.

Dass er von zwei zwielichtigen Typen beobachtet wurde, die zunächst am Zaun des Grundstücks standen und ihm dann langsam folgten, bemerkte er leider nicht.

5. Kapitel,
in dem ein Wunsch der kleinen Millionäre endlich erfüllt wird, allerdings unleserlich und rätselhaft

Markus sah nur kurz auf das etwas zerknitterte Blatt und lächelte.

„Das ist Sütterlin-Schrift, manche sagen auch deutsche Schrift dazu. Diese eckigen Buchstaben wurden schon vor vielen Jahren durch lateinische ersetzt, die ihr jetzt noch im Unterricht benutzt.

Es scheint jedoch etwas zu fehlen, es gibt keine Überschrift oder irgendein Hinweis, worum es geht. Ach doch, hier steht etwas von einem Bund der Falkenberger."

Er sah Sporty fragend an, aber der schüttelte nur den Kopf.

„Mit Fahrrädern oder Radrennen hat es garantiert nichts zu tun. Aber wenn man noch nie davon gehört hat, ist es vielleicht ein Geheimbund?"

Markus ging zu seinem riesigen Bücherregal und blieb suchend davor stehen.

„In irgendeinem Zusammenhang habe ich den Namen schon gehört. Ja klar, die Mutter der Humboldt-Brüder hatte einen

Gutshof in Falkenberg, aber so alt scheint mir das Blatt wieder nicht zu sein.

Auf jeden Fall ist es eine Anleitung, um irgendetwas zu suchen. Bei einigen Geheimbünden mussten die Kandidaten Mutproben ablegen oder ihre Befähigung anders beweisen. Vielleicht gehörten ja auch Rätsel dazu."

Er zuckte mit den Schultern und setzte sich wieder zu Sporty. Nachdem er einen sonderbaren Computer eingeschaltet hatte, erklärte er.

„Ich lese dir jetzt den Text vor, aber bitte unterbrich mich nicht. Fragen klären wir hinterher."

Während er las, hielt sich Sporty zwei Hände vor den Mund, um nicht mit seinen Fragen herauszuplatzen. Denn er verstand nichts, absolut nichts, von diesem sonderbaren Text.

Zu einem Loch schlüpft man hinein,
zu dreien wieder heraus.
Wer mag von euch so pfiffig sein,
dass er das bringt heraus? 1/1

Federn hat's und fliegt doch nicht,
Beine auch und läuft doch nicht.

Steht nur immer mäuschenstill,

weil es einfach Ruhe will.

Aber nicht die seine, sondern nur die deine,

weißt du was ich meine? 2/3

Ich werd in freier Luft geboren,

red ohne Mund, hör ohne Ohren.

Ich mag es, mich zu wiederholen,

verschwinde dann auf leisen Sohlen. 4/2

Zwei Löcher hab ich, vier Finger brauch ich!

Ich mache Großes und Langes klein

und trenne, was nicht beisammen soll sein.4/6

Muss Tag und Nacht auf Wache stehn,

hab keine Füße und muss gehen,

hab keine Hände und muss schlagen,

wer kann mir meinen Namen sagen? 2/4

Wer es macht, der nennt es nicht,

wer es sucht, der kennt es nicht.

Findet er's wird's hinterdrein,

bestimmt nie mehr dasselbe sein. 6/5

Weißt du all das, gehört dir die Welt,

wenn du sie hebst, bist du ein Held.

Sie ist in Thors Heiligtum versteckt

und wartet, dass man sie entdeckt.

Als Markus geendet hatte, lächelte er über Sportys Gesicht, mit dem er seine totale Ahnungslosigkeit ausdrückte. Dann ging er in den Nebenraum und kam mit sechs Kopien des gerade übersetzten Textes zurück.

Sportys Augen wurden noch größer. „Wie hast du das jetzt gemacht? Du hast doch gar nicht getippt."

„Das ist ein Computer, der Rede gleich in Schrift umsetzen kann, das ist sehr praktisch.

Ich habe dir genügend Kopien für die anderen gemacht, denn die Rätsel müsst ihr erstmal lösen. Laura hat ein altes Rätselbuch, das könnte euch helfen. Vielleicht findet ihr dort wichtige Anhaltspunkte."

Sporty, der absolut unlösbare Aufgaben auf die kleinen Millionäre zukommen sah, packte etwas niedergeschlagen seine

Sachen, wollte aber die gegebene Möglichkeit noch nutzen.

„Vielen Dank Markus, dann fahre ich am besten anschließend bei Oma Laura vorbei."

„Tu das mein Junge, ich rufe sie gleich an."

Laura Graf sah unruhig aus dem Fenster. Markus hatte bereits vor 15 Minuten angerufen und Sporty angekündigt, der einen rätselhaften Fund gemacht hätte und jetzt ihr Buch mit Rätseln aus alten Kinderbüchern brauchen würde.

Neugierig hatte sie es sofort herausgelegt, aber der Junge war immer noch nicht da. Normalerweise konnte man sich auf die Kinder vom Club der kleinen Millionäre verlassen, vor allem, wenn sie Sophie und den Krimifrauen bei der Lösung ihrer Fälle, als kleine Detektive zur Seite standen.

Sie schaute noch einmal auf die Uhr, schüttelte den Kopf und ging zum seitlichen Fenster.

Was sie dort sah, ließ ihr den Atem stocken. Der Dreizehnjährige, der zwar der Stärkste der Kinder war, kämpfte mit zwei Männern, die ihn deutlich überragten und auch wesentlich schwerer waren.

Laura riss die Tür zum Büro ihrer Enkelin auf und schrie.

„Sophie-Schatz, komm schnell. Ein Überfall!"

Dann rannte sie los, gefolgt von ihrer Enkelin, der Privatdetektivin, die noch rasch zu ihrer Waffe gegriffen hatte.

Als die Männer die beiden kommen sahen, flüchteten sie hektisch. Vermutlich wartete in der Nebenstraße ein Auto auf sie, denn die Frauen hörten nur noch das das Aufheulen eines Motors.

Sporty hatte zwar eine blutige Nase, war aber stolz darauf, sein Streethammer-Rad verteidigt zu habe. Er ließ sich aber gerne von den Frauen verarzten, als sie zurück in Lauras Garten waren.

Erst als er sein Fahrrad in den Ständer schieben wollte, schrie er vor Empörung auf. „Die haben meine Schatzkarte geklaut!"
Laura und Sophie drehten sich überrascht um.

„Was denn für eine Schatzkarte?"
Und während Laura seine Nase pflasterte, erzählte ihr Sporty, wie er zu diesem einmalig wertvollen Teil gekommen war.
„Du weißt doch, dass mein Onkel Mats eine Firma hat, in der auch Wohnungen geräumt werden. Immer wenn dort Spielzeug oder Bücher anfallen, bekomme ich das.
Heute hat er mir ein altes Buch gegeben, weil er anfangs dachte, dass es sich um Hexensprüche handeln würde. Die

finden wir immer lustig.“

Laura lächelte. „So was könnte ich auch manchmal gebrau-
chen. Aber das Buch war vermutlich etwas anderes?“

Sporty schüttelte vorsichtig den Kopf, der ziemlich weh tat.

„Nein, das war irgendetwas über Schmetterlinge.

Aber darin lag ein Blatt, das viel älter als das Buch sein musste.

Eine Nachbarin hat gesagt, es sei eine Schatzkarte oder eine
Anleitung dazu. Noddy sagt zwar, das wäre keine Schatzkar-
te, weil die Lagebezeichnungen fehlen. Wenn es aber eine
Anleitung sein sollte, war sie nicht zu lesen.“

„Wieso konntest Du sie denn nicht lesen? Du bist doch sonst
ein pfiffiger Bursche.“

„Es war zwar Papier, aber mit irgendeiner Schrift darauf, die
keiner von uns kennt. Deshalb war ich ja bei Markus. Er kann
das lesen und hat herausgefunden, dass es eine ganz alte
Anleitung für eine Suche ist, bei der man aber Rätsel lösen
muss.

Und jetzt ist sie weg! Ich könnte heulen, ich war so dicht
dran, an einem Schatz! Bis diese Idioten gekommen sind und
mir mein Rad wegnehmen wollten. Ich hätte sie ja mit Karate
niederschlagen können, aber dann hätte ich ja mein Fahrrad

loslassen müssen."

Laura hatte aufmerksam zugehört, denn dieser Überfall kam ihr nicht wie zufällig vor. „Wollte denn schon früher jemand dein Fahrrad klauen?"

Sporty überlegte eine Weile, dann schüttelte er wieder den Kopf.

„Eigentlich nicht, nur damals als wir Kevins Bande verfolgt haben. Und es konnte auch keiner wissen, dass ich hierher-komme."

„Oder sie haben dich schon von deinem Onkel Mats aus ver-folgt? Aber dann würde es nicht um dein Rad, sondern um das Fundstück gehen."

Sporty sah sie deprimiert an. „Aber das werden wir nicht mehr herausfinden, oder?"

Den hoffnungsvollen Blick noch in Erinnerung, rief Laura Mar-kus an. Schon nach kurzer Zeit überzog ein freudiges Lächeln ihr Gesicht und sie zeigte Sporty den erhobenen Daumen.

„Wir sind noch nicht aus dem Spiel! Markus hat Abzüge ge-macht, sogar farbig. Das Original fehlt uns zwar, aber wir ha-ben immer noch die Kopien. Er schickt sie gleich."

Nachdem Laura die Blätter an ihrem Computer ausgedruckt

hatte, wurden sie von Sporty fotografiert. Dann schickte er das Foto mit dem Vermerk

Streng geheim! Wer kann die Rätsel lösen?

an die anderen kleinen Detektive.

„Schon erledigt?" fragte Laura überrascht.

„Ja klar, wir haben doch eine Whats app-Gruppe, da brauche ich nur noch einen Post abzuschicken."

„Das wäre für die Krimifrauen auch ziemlich praktisch", murmelte Laura. „Ist es schwer, das einzurichten?"

Sporty hob sofort abwehrend die Hände. „Keine Ahnung! Da musst du Ben fragen, der macht das gerne."

Dann starrten beide angestrengt auf das Blatt.

„Die Rätsel sind sicher lösbar. Das schafft ihr schon, ihr seid pfiffig genug, aber was die Zahlen bedeuten sollen, verstehe ich auch nicht."

Laura schüttelte den Kopf und holte ihr Rätselbuch vom Konsolentisch. Sie blätterte kurz darin und schüttelte erneut den Kopf. „Über Zahlencodes steht hier auch nichts. Bei den Rätseln dieser Art muss man ein wenig um die Ecke denken."

Als Sporty sie nur verständnislos ansah, öffnete sie das Buch.

„Wir machen mal ein Beispiel:

Wer kann das raten, der sag's geschwind:

Es ist meiner guten Eltern Kind,

doch ist es nicht der Bruder mein,

auch nicht mein liebes Schwesterlein,

in aller Welt, wer kann das sein?

Sporty schüttelte den Kopf. „Haben die früher alle so komisch gesprochen? Eigentlich ist das doch ganz einfach, wenn ich den Sperrmüll weglasse. Wir sind bei uns zuhause zwei Kinder, wenn es nicht meine Schwester ist, dann bleibe doch nur ich übrig, oder?"

Sein misstrauischer Blick zeigte ihr, dass er noch ein *Aber* erwartete. Laura lachte und zog in ihn die Arme.

„Das war ziemlich clever. Wenn du so weiter machst, findet ihr die anderen auch.

Aber mich interessiert noch etwas anderes. Wenn irgendwelche Leute hinter diesem Blatt her sind, scheint es doch um etwas Wertvolles zu gehen, was immer es auch ist. Weißt du, aus welcher geräumten Wohnung das Buch stammt?"

Sporty schüttelte verneinend den Kopf. „Aber Onkel Mats weiß es. Ich rufe ihn gleich an."

Oma Laura nickte. „Dann werde ich in der Zeit bei dir zuhause anrufen und sie wegen deiner Nase vorwarnen."

Sporty grinste nur und schrieb die Adresse der Wohnung auf den Block, den ihm Laura hinschob.

Gleich danach meldete sich sein Smartphone. Lissy piepste, wie immer, wenn sie aufgeregt war.

„ Ich habe eins! Das 4. Rätsel muss eine Schere sein, meine liegt gerade vor mir und ich halte sie mit vier Fingern. Das kann also nichts anderes sein."

„Prima Lissy, eins rauf mit Mütze, du bis die erste."

Er hatte kaum das Gespräch beendet, als eine Nachricht von Ben kam.

„Alle kleinen Detektive treffen sich morgen um 17.00 Uhr bei mir, wir müssen decodieren."

6. Kapitel,

in dem endlich weitere Rätsel gelöst werden

Am gleichen Tag saß Fritzi abends schon geduscht und im Schlafanzug auf ihrem Bett, streichelte ihre Hündin Perla, die heute ganz verschmust war und dachte nach.

Was habe ich doch für ein Glück gehabt!

Diesen Gedanken hatte sie nicht erst seit dem Umzug in das neue Haus, sondern auch davor schon oft, denn noch nie war es ihr so gut gegangen.

Damals als ihre Mutter noch bei ihr lebte und sie die dicke Friederike war, verlief ihr Leben völlig anders und sie hatte mehr Vorwürfe als Liebe erfahren. Auch als die Mutter plötzlich verschwand, war es nicht leichter geworden.

Hätte sie damals nicht Perla gehabt, wer weiß?

Und natürlich ihre neuen Freunde vom Club der kleinen Millionäre, die ihr halfen, eine schlanke, sportliche Fritzi zu werden.

Seit aber ihr Dad für immer aus London zu ihr gekommen war und später auch noch Sportys Mutter heiratete, hatte sie endlich eine richtige Familie.

Eine Mutter, die so liebevoll war, wie sie es sich so oft gewünscht hatte und einen Bruder, der sie immer beschützte, auch wenn er ihr manchmal mit seinem Macho-Gehabe auf die Nerven ging.

Er war es auch gewesen, der als erster vorgeschlagen hatte, seine Matka und ihren Dad zu verkuppeln.

Bei ihm hatte es sich damals so einfach angehört. „Sie ist die Richtige für deinen Dad. Wir müssen sie nur zusammenbringen und dann Peng."

Aber Fritzi hatte nur Bahnhof verstanden. „Was heißt Peng?"

Und Sporty hatte sie ganz lässig aufgeklärt. „Peng bedeutet, wenn sie sich treffen, werden sie sich sofort verlieben, großes Kino und so."

Ganz genauso war es nicht gekommen, ihr Glück hatte noch einige Umwege gebraucht.

Aber als Fritzi dann in einen Schacht gestürzt und sich verletzt hatte, da war unschwer zu übersehen, dass ihre Kuppelversuche doch geklappt hatten.

Und Britt, Sportys Mutter, hatte sie auf dem Weg zum Krankenhaus so liebevoll getröstet, wie es ihre Mum nie getan hatte. Und das tat sie auch jetzt noch oft. Wenn Fritzi traurig war, genügte es, wenn ihre Matka sie in den Arm nahm und

„Du bist doch meine Beste" flüsterte, dann ging es ihr wieder gut.

Fritzis Blick schweifte durch ihr Zimmer, das jetzt im neuen Haus viel größer war, als in der alten Wohnung und das bestimmt genauso schön aussah, wie Lissys Zimmer, das sie früher immer bewundert hatte.

Sie liebte ihre weißen Möbel, das Bett mit der Polsterung, den Kleiderschrank mit der geschwungenen Tür, den sie jetzt gerne öffnete, den Schreibtisch mit den gedrechselten Beinen, den Laptop, der jetzt nicht mehr in einem Schrank weg geschlosssen war und die vielen Regale für ihre Sammlerstücke.

Da Fritzi Häkeln ganz besonders mochte, seit sie damit ihre Esslust bezwungen hatte, gab es auch jede Menge gehäkelter Kissen. Natürlich alle in ihrer Lieblingsfarbe Blaugrün, die genauso wie ihre Augen leuchtete.

Während sich Fritzi zufrieden zurücklegte, bewegte sich Perla unruhig, kuschelte sich dann zu einem kurzen Gute-Nacht-Gruß an und sprang mit sanften Bewegungen vom Bett, um zu ihrem Hundekorb zu gehen.

Fritzi lächelte ihr hinterher. „Du hast absolut recht, Zeit sich auszuruhen!" Da fielen ihr die Rätsel wieder ein.

War da nicht etwas mit Ruhe? Sie griff nach der Kopie, die auf

dem Nachttisch lag, seit sie sie gelesen hatte.

Federn hat's und fliegt doch nicht,

Beine auch und läuft doch nicht.

Steht nur immer mäuschenstill,

weil es einfach Ruhe will.

Aber nicht die seine,

sondern nur die deine,

weißt du was ich meine? 2/3

Ob damit ein Bett gemeint war? Meins hat Beine und steht

still, es will meine Ruhe, das stimmt auch.

Aber es hat weder Federn noch Flügel! Wahrscheinlich liege

ich da doch falsch.

Sie wollte sich gerade zum Schlafen einkuscheln, als Sporty

ins Zimmer stürzte.

Beinahe wäre er über ihren Hocker gestolpert, so eilig hatte

er es.

„Ich glaube, ich habe eins gelöst", rief er.

Dann zog er demonstrativ sein Schlafanzugoberteil aus und

schlüpfte wieder hinein. Fritzi sah ihn verständnislos an.

Er schüttelte ungeduldig den Kopf und wies auf die Rätsel.

„Siehst du das denn nicht? In ein Loch krieche ich hinein und bei drei Löchern komme ich heraus. Die Lösung ist also ein Shirt."

„Das gleiche gilt aber auch für einen Pullover", wandte Fritzi ein.

„So ein Scheibenkleister!" Sporty sah sie enttäuscht an.

„Du hast recht, und das sind beides auch englische Wörter, die gab es ja vor hundert Jahren hier noch nicht. Aber es muss etwas zum Anziehen sein. Was zieht unser Dad an?"

„Na, ein Hemd", antwortete Fritzi.

„Und gab es Hemden schon vor hundert Jahren? Ja, also alles paletti. Ich habe ein Rätsel gelöst!"

„Ich glaube ich auch", antwortete Fritzi ziemlich zaghaft, nach dem Tempo, das ihr Bruder vorgelegt hatte.

„Das zweite müsste ein Bett sein. Es hat Beine, es steht still, es sorgt für meine Ruhe, das stimmt alles. Nur die Federn stören, es fliegt doch nicht."

„Aber früher hatten die Leute Federn in ihrer Bettdecke und den Kissen. Das weiß ich von den Wohnungen, die Onkel Mats räumt. Vielleicht haben das einige auch heute noch. Und denk mal an die Märchen, ich sage nur Frau Holle!"

Eigentlich mochte es Fritzi überhaupt nicht, wenn er so überlegen lächelte, aber schließlich hatten sie zwei Rätsel geknackt und diese Freude überwog. Morgen würde ein sehr interessanter Tag werden.

Das dachte auch Oma Laura, als sie am nächsten Tag gemeinsam mit ihrer Freundin und Nachbarin Luisa in Richtung Alter Bahnhof unterwegs war.

Wie jeden Mittwoch, seit sie im Ruhestand waren, trafen sich die Krimifrauen im *Café Schokohimmel,* um über Kriminalromane zu diskutieren, aber noch lieber, um echte Fälle aufzuklären.

Als Laura von dem Überfall auf Sporty berichtete, war die Empörung groß, denn alle mochten diese Kinder, die so zielstrebig waren und pfiffig genug, um ihnen bei der Lösung vieler Fälle eine große Hilfe zu sein.

„Da steckt doch garantiert mehr dahinter", vermutete Emilia, die ehemalige Psychologie-Dozentin, die jetzt Krimis schrieb.

„Auch wenn es sich um ein Marken-Fahrrad handelt, gehen doch Kriminelle niemals so vor."

„Wenn ich Sporty wäre", grinste Laura, „würde ich jetzt sagen: Eins rauf mit Mütze, Emilia. Du hast es genau erfasst.

Er hat gestern von seinem Onkel ein Buch bekommen, in dem

eine sehr alte Anleitung für eine Suche nach etwas Besonderem steckte.

Es ist zwar in Sütterlin-Schrift geschrieben, aber Markus hat es inzwischen übersetzt. Ich habe für uns alle Kopien mitgebracht."

Während sie die Blätter austeilte, ergänzte sie noch.

„Ich denke die Rätsel sollten wir die Kinder alleine lösen lassen, sie sind gewitzt genug."

Dann sah sie in die Runde. Täuschte sie sich oder sah sie wirklich Erleichterung in den Gesichtern? So schwer konnten doch diese Rätsel nicht sein, oder?

Heute Abend würde sie sich etwas gründlicher damit befassen.

„Weiß man denn, von wem das Blatt kommt?"

Christiane, die ehemalige Lehrerin hielt schon die Karten mit den W-Fragen bereit. Laura nickte und Christiane zeigte die Karte mit der Frage WER.

„Wer der Verfasser des Textes ist, wissen wir noch nicht, vermutlich dieser Bund der Falkenberger, die unten erwähnt sind. Aber da ist Markus schon dran. Wann das war, wissen wir auch nicht. Aktuell stammt das Blatt aus der Wohnung eines alten Herrn in der Steinmetzstraße 37. Eine Nachbarin

soll gesagt haben, dass es eine Schatzkarte sei.
Offensichtlich sind schon irgendwelche Leute darauf aufmerksam geworden.
Und da sollten wir ansetzen. Jetzt brauchen die Kinder mal unsere Hilfe und die haben sie auch verdient."

Luisa, die früher beim Kammergericht war, nickte ihr zu.
„Da hast du völlig recht. Die Kinder haben uns schon so oft geholfen.
Ich bin dafür, dass wir anschließend gleich ein wenig durch die Steinmetzstraße bummeln. Es gibt dort eine tolle Eisdiele und hübsche kleine Geschäfte, mit netten Leuten, die bestimmt mehr über diese Sache wissen."

7. Kapitel,
in dem sich weitere Lösungen offenbaren

Während die Frauen noch eifrig Informationen zusammentrugen, trafen sich die kleinen Millionäre jetzt als Rätsel-Detektive bei Ben. Alle waren total gespannt darauf, worum es beim Decodieren gehen würde. Aber sie waren sich auch schon sehr sicher, dass dieses neue Abenteuer genau das war, was sie sich vom Universum gewünscht hatten. Und dass es jetzt endlich losgehen würde! Schließlich war ja auch sofort geliefert worden, als sie es angemahnt hatten.

Sporty und Noddy berichteten zu Beginn von dem geheimnisvollen Blatt, das Onkel Mats in einer Wohnung in der Steinmetzstraße gefunden und Sporty geschenkt hatte.
„Eigentlich ist es ja keine richtige Schatzkarte mit einer Insel drauf und Anweisungen, dass du 5 Schritte gegen Sonnenaufgang machen sollst oder sowas. Es gibt auch keine anderen Lagebezeichnungen, wie man das kennt, es ist eher eine Anleitung für eine Suche.
Wir konnten diesen Text auch überhaupt nicht entziffern“,

erzählte Sporty den anderen, die aufmerksam zuhörten.

Nur Betty grinste ein wenig boshaft. „Da hat wohl das Universum in deiner Handschrift geantwortet, oder?"

„Nein, das war es nicht." Sporty ließ sich nicht provozieren.

„Es war alte, deutsche Schrift, ich habe vergessen, wie sie heißt. Nur Markus konnte sie lesen und hat uns alles übersetzt."

„Wo genau die Anleitung herkommt und von wem sie ursprünglich stammt wissen wir noch nicht. Aber da helfen uns die Krimifrauen. Sie ermitteln heute dort, wo der letzte Besitzer der Anleitung gewohnt hat", ergänzte Noddy.

„Markus hat inzwischen auch schon herausgefunden", setzte Sporty fort, „dass es einen reichen Unternehmer gab, der Große-Leege hieß und in dem Dorf Falkenberg lebte. Der hat so um 1868 oder etwas später, diesen Bund der Falkenberger gegründet, der auf eurem Zettel steht. Sein Ziel war es, für junge Menschen einen besseren Start ins Leben zu schaffen. Besonders die schlauen Köpfe sollten gefördert werden…"

„Da wären wir also sowieso dabei gewesen", unterbrach ihn Betty. „Da trifft es doch jetzt auch genau die Richtigen!"

„Da hast du absolut recht", bestätigte Sporty grinsend.

„Die haben sich damals solche Anleitungen ausgedacht, mit denen etwas Wertvolles gefunden werden konnte und haben sie dann jemandem zugespielt, den sie für den Richtigen hielten. Mit dem Geld hätte derjenige dann die Möglichkeit gehabt, eine eigene Werkstatt oder ein Geschäft zu eröffnen oder auf die Walz zu gehen, um die Welt zu erkunden.“

„Und dass es um etwas Wertvolles gehen muss, wissen wir“, ergänzte Fritzi. „Sonst hätten dich nicht zwei Typen überfallen und die Kopien geklaut.“

„Du wurdest überfallen?“ und „Hättest du uns doch zu Hilfe gerufen!“

So oder so ähnlich schwirrten die Äußerungen heftig durcheinander.

Nur Lissy blieb ruhig und stellte schmunzelnd fest. „Du hast doch bestimmt gewonnen, oder?“

Sporty lachte. „Na klar, aber Oma Laura und Sophie kamen dazu. Sie hätten aus den Kerlen Hackfleisch gemacht, wenn die nicht vorher geflohen wären.“

„Also haben wir folgende Situation“, fasste Ben zusammen.

„Irgendwo ist etwas Wertvolles versteckt, das auf die Entdeckung wartet.

Wir haben eine Anleitung, die allerdings aus Rätseln besteht und diese Typen haben das gleiche Material wie wir.

Also müssen wir schneller sein. Wer hat schon ein Rätsel gelöst?"

Lissy hob ihre Hand und schnipste ungeduldig mit den Fingern, aber Ben nickte ihr nur besänftigend zu.

„Von Lissy weiß ich schon, beim 4. Rätsel geht es um eine Schere."

„Fritzi und ich haben das 1. und das 2. geknackt, ein Hemd und das Bett."

„Super!", rief Ben und notierte die Wörter auf einer Tafel an der Wand. „Ich habe auch eins. Das 3.Rätsel muss ein Echo sein. Ja, Betty, du bist gleich dran."

Betty, die sich wieder mal ärgerte, weil ihr Bruder schneller war, ergänzte zum 5.Rätsel. „Das was geht, auch wenn es keine Beine hat, ist garantiert eine Uhr".

Aber dann kam nichts mehr. Noddy war besonders traurig.

„Die ersten fünf Rätsel hätte ich auch gewusst, aber nicht den Rest. Es muss aber etwas bedeuten. Thor ist ein germanischer Gott."

„Ach, ist das nicht der, der den Hammer schmeißt und dann

blitzt und donnert es?" Sporty war fast aufgesprungen, da die Lösung näher rückte.

„Ja, genau der", bestätigte Noddy. „Aber es gibt weder Tempel noch Andachtsstätten für diese alten Götter, also weiß auch keiner, was sein Heiligtum ist."

Ben hatte inzwischen auf der Tafel alle bekannten Lösungswörter untereinander notiert.

1. Hemd

2. Bett

3. Echo

4. Schere

5. Uhr

6. ?

7. ?

„Wir haben jetzt bis auf die letzten alles gelöst, aber mir hilft das überhaupt nicht weiter. Der einfachste Code wäre, die ersten Buchstaben zusammen zu fügen, aber das bringt absolut nichts Sinnvolles. Fällt euch noch etwas ein?"

Das einzige, was er wahrnahm, war ein kollektives Kopfschütteln. Also richtete er die Frage auch an alle. „Was machen wir jetzt?"

Noddy hob zaghaft seine Hand. „Ich könnte ein kleines Programm schreiben, das alle Buchstaben dieser Wörter kombiniert und uns die möglichen Varianten anzeigt. Vielleicht kommen wir so hinter den Code, den wir brauchen?"
Ben sah in den Gesichtern seiner Freunde, dass sie auch erleichtert waren und es keine weitergehenden Vorschläge gab.
„Gut Noddy, wenn du Hilfe brauchst sag Bescheid, wir drücken dir alle Daumen, die wir haben."

Da meldete sich sein Telefon. Er hörte kurz zu, stellte auf Lautsprecher und hob die Hand.
„Es ist Oma Luisa. Ja, wir sind alle hier, ihr braucht die anderen nicht zu informieren. Habt ihr in der Steinmetzstraße etwas Neues erfahren?"
„Wir haben mit der Nachbarin und noch einigen Leuten dort gesprochen. Der alte Mann, von dem die Karte stammt, war ein sonderbarer Kauz, der immer geheimnisvoll getan hat. In der Kneipe hat er wohl sehr oft erzählt, er habe eine Schatzkarte, die zu etwas sehr Wertvollem führen würde.
Die meisten haben ihn nur belächelt und gemeint, er sei nicht mehr richtig im Kopf.
Aber in letzter Zeit schien er große Angst zu haben, er hat

zwei Einbrüche angezeigt, aber es ist nichts dabei heraus gekommen. Die Nachbarin ist sich ziemlich sicher, dass es diese
Einbrüche auch gab, also sind vermutlich ein paar üble Kerle
hinter euren Informationen her. Bitte, seid vorsichtig!"

„Ihr habt es gehört." Ben wandte sich nach dieser Nachricht
an alle.

„Wollen wir wirklich weiter machen, wenn es so gefährlich
werden kann?"

Die Kids sahen sich betroffen an, bis ausgerechnet Betty, die
sonst immer zur Vorsicht mahnte, entschlossen aufstand.

„Ich bin dafür weiter zu machen. Denn solange diese Typen
glauben, dass wir mehr wissen als sie, werden sie hinter uns
her sein. Es hilft uns also überhaupt nicht, wenn wir aufhören.
Im Gegenteil, wir müssen das Rätsel lösen!"

„Genauso machen wir das!" Die Kids sprangen ermutigt auf
und drängten sich um Betty.

„Wir lassen uns keine Angst machen!"

Auch Ben stimmte trotz der ständig unterschiedlichen Auffas-
sungen der Zwillinge mit ein.

Alle hatten jetzt ihre Übereinstimmung mit Betty ausgedrückt,
nur Noddy stand einen Moment völlig sprachlos und starrte

auf den Zettel mit den Rätseln.

Dann schlug er sich mit der flachen Hand an die Stirn und rief: „Betty, du bist ein Genie!"

Als ihn alle überrascht anstarrten, wurde er natürlich wieder rot, versuchte aber tapfer, seinen Freunden begreiflich zu machen, was er entdeckt hatte.

„Betty hat gesagt, wir müssen das Rätsel lösen und jetzt schaut euch mal das vorletzte an:

Wer es macht, der nennt es nicht,

wer es sucht, der kennt es nicht.

Findet er's wird's hinterdrein,

bestimmt nie mehr dasselbe sein. 6/5

Versteht ihr nicht? Die Lösung heißt Rätsel!"

Jetzt klatschten alle, was Noddy wieder erröten ließ.

„Aber das letzte ist immer noch offen", schränkte Ben ein.

„Also sollten wir unsere grauen Zellen noch ein wenig mehr anstrengen, bei den Krimifrauen klappt das auch. Noddy, du sagst Bescheid, wenn sich Varianten ergeben, mit denen wir weiter kommen."

„Von wegen graue Zellen", rief Sporty. „Fritzi und ich sind jeden Freitag auf der Hindernisstrecke. Kommt doch einfach mit! Laufen ist wichtig für schnelles Denken, weil es neue Verknüpfungen in den Gehirnzellen macht. Es können sogar Datenautobahnen entstehen. Und genau das brauchen wir." Nach dieser Ansage ging er und ließ die anderen erstaunt und sprachlos zurück.

„Als ob wir das nicht auch könnten", rief Betty kopfschüttelnd. „Ich laufe ebenso gerne, aber man kann noch mehr machen. Wir haben vor kurzem Übungen gelernt, wie man die beiden Hirnhälften verschaltet, damit man im Unterricht aufmerksamer ist und schneller denken kann.

Cross crawl heißt das und das könnte uns jetzt auch helfen. Ich zeige es euch gleich. Dafür kreuzt man den linken Ellbogen mit dem rechten Knie und dann umgekehrt. Aber ganz schnell!"

Ben schaute noch vorsichtig zu, während Noddy sofort mit den Mädchen übte.

Nachdem sie sich lachend wieder gesetzt hatte, meldete sich Fritzi.

„Das tut besonders gut, wenn man lange Zeit sitzen muss. Wenn man aber die ganze Zeit gerannt ist, kann man so eine

Übung für schnelleres Denken auch im Sitzen machen. Diese habe ich von meiner Grandma Kate.

Sie heißt Pinky, wie im Englischen der kleine Finger.

Den muss man an der rechten Hand vorstrecken und an der linken Hand mit dem Daumen zur gleichen Zeit nach oben zeigen. Und dann wieder wechseln und alles rasend schnell."

Natürlich ging es nicht bei allen rasend schnell und so verabschiedeten sich die kleinen Detektive unter viel Gelächter und in der Hoffnung, jetzt für alle möglichen Rätsel geistig fit zu sein.

8. Kapitel,

in dem ein Einbruch verhindert werden kann

Zwei lange Tage tat sich gar nichts.

Die kleinen Rätsel-Detektive gingen zur Realschule, zum Gymnasium, zum Training oder erledigten ihre üblichen Jobs.

Nur Fritzi hatte sich beim Karate leicht am Kopf verletzt und ihre Matka, die Krankenschwester war, hatte angeordnet, dass sie zur Sicherheit unbedingt einen Tag zuhause bleiben sollte. Fritzi hatte genau wie Sporty das immer machte, bei dieser Ankündigung die Augen verdreht und behauptet, sie könne selbstverständlich zur Schule gehen. Aber insgeheim freute sie sich über die Fürsorge ihrer Matka.

Zum Glück konnte Lissy ihre Lieferaufgabe von Chrissies Modegeschäft zu den Kunden übernehmen, aber Fritzi langweilte sich schon am Vormittag schrecklich.

Ihr Zimmer war bereits aufgeräumt und sauber. Dann hatte sie Tanja, ihrer Freundin, die an die Küste gezogen war, eine Mail geschickt, weil die gerade dabei war ihren Club der kleinen Millionäre zu vergrößern und neue Tipps brauchte.

Auch Grandma Kate in Canterbury wurde mit neuen Fotos vom Haus, vom Garten, von Fritzis Zimmer und den Häkeltaschen und natürlich von Perla bedacht, aber die Zeit verlief immer noch schneckenmäßig langsam.

Auch die Blumen im gesamten Haus waren bereits gegossen, denn das gehörte zu Fritzis Pflichten. Das war aber etwas, was sie sowieso besonders gerne tat. Sie freute sich vor allem, wenn ihr Dad sie lobte und *grüner Däumeling* nannte. Sie wusste zwar, dass er da etwas durcheinander brachte, fand es aber immer ganz lieb von ihm.

Nach einem kurzen Blick über ihre Schulsachen war klar, auch da war alles bereits erledigt. Das Buch aus der Bibliothek hatte sie ebenfalls am Abend schon ausgelesen.

Sie sah sich unschlüssig um, vielleicht gab es in Sportys Zimmer etwas Interessantes. Leider lag in seinem Regal auch nicht eins der alten Bücher, über die sie sonst gemeinsam kichern konnten.

Aber an seinem Schrank hing ein neues Blatt mit einem Totenkopf darauf und darunter der Hinweis *Wer diesen Schrank öffnet, wird es bereuen!*

Natürlich öffnete Fritzi neugierig die Tür, sah Sportys Trainingsschuhe und rümpfte sofort die Nase. „Das stimmt, ich bereue es jetzt schon. Puh, das stinkt nach Käsemauken! Das geht doch auch anders."

Schnell huschte sie in ihr Zimmer zurück, um die Zitronenöl-mischung zu holen, die sie in ihren Schuhschrank tropfte, damit es sauber roch

Als sie jedoch die Tür öffnete, knurrte Perla leise, aber sehr tief. Vorhin hatte sie noch bequem in ihrem Hundebett geruht, aber jetzt stand sie total angespannt und starrte auf das Fenster.

Fritzi klopfte plötzlich das Herz bis zum Hals, deshalb holte sie tief Luft, um sich zu beruhigen. Dann schnappte sie ihren Handspiegel und schlich sich seitlich neben das Fenster.

Als sie den Spiegel nach außen richtete und hoch hielt, konnte sie zwei Männer sehen, die einen Jungen hochstemmten. Vermutlich wollte er durch ihr Fenster einsteigen, das wegen der Junihitze weit geöffnet war.

Fritzi straffte sich, um vorbereitet zu sein, konnte aber auch ein erwartungsvolles Grinsen nicht unterdrücken.

Mit dem würde sie locker fertig werden!

Sie nahm Verteidigungshaltung an und ließ den Atem immer

noch ruhiger werden.

Kaum war der Junge, der nur wenig älter als sie sein konnte, am Boden gelandet, hatte ihn Fritzi schon mit einem Handkantenschlag kampfunfähig gemacht.

Schade, dass das der Sensei, ihr Karate-Lehrer nicht gesehen hatte! Er wäre bestimmt stolz auf sie gewesen.

Während der Eindringling noch benommen am Boden lag und nur langsam zu sich kam, kniete Fritzi auf seinen Armen, während Perla über den Beinen lag und sich bereits in den Hosenstoff verbissen hatte.

„Was willst du hier? Was haben sie von dir verlangt? Sollst du etwas für die Männer suchen?" Sie schrie ihn wütend an und hatte sich eigentlich auf eine längere Befragung eingestellt, wie in den Kriminalfilmen auch.

Aber diese Memme fing sofort an zu heulen und erzählte ihr mehr, als sie wissen wollte. „Ich sollte nur deine Sachen durchsuchen und die Lösung für das Rätsel mitbringen."

Fritzi holte tief Luft.

 Sie hatte richtig vermutet, er sollte etwas finden, das es in Wirklichkeit noch nicht gab.

Wahrscheinlich hatte er sich das Ganze leichter vorgestellt

und jetzt jammerte er nur noch.

Angeekelt ließ sie ihn zurück auf das Fensterbrett klettern.

„Hier ist nichts! Das kannst du denen unten sagen! Überhaupt nichts, nur ein sehr bissiger Hund!"

Erst als sie das Fenster wieder fest verschlossen hatte, setzte der Schreck ein. Ihre Knie fühlten sich ganz weich an und sie begann zu zittern.

Als sie vor dem Bett auf den Boden rutschte, drängte Perla sich sofort an sie und winselte leise.

Fritzi nahm sie fest in die Arme und wurde mit jedem Atemzug wieder ruhiger. Zum Schluss musste sie sogar lachen.

„Wir haben den Einbrecher in die Flucht geschlagen, Perla, wie Wonder Woman. Wir sind wirklich super! Vielleicht kann ich später auch Privatdetektivin werden, wie Sophie."

Als Sporty mit Lissy von seiner Liefertour zurückkam, war Fritzi schon wieder die Ruhe selbst.

Die Augen der beiden wurden immer größer, als sie ihnen berichtete, was inzwischen passiert war und wie sie den Einbrecher zu Boden geschlagen hatte.

„Mit einem Schlag wie der Pfeil eines Bogenschützen?", vergewisserte sich Sporty.

Als Fritzi nickte, grinste er stolz. „Gut, dass wir das so oft geübt haben."

Dann informierte er die anderen über Whats app und zwei Stunden später trafen sich alle im Garten des neuen Hauses.

Lissy hatte es am bequemsten, denn sie und Fritzi hatten gleich nach dem Einzug, die kleine Hecke, die die Grundstücke trennte, einfach durchbrochen, so dass die Mädchen jetzt ungehindert in den Garten des anderen Hauses wechseln konnten.

Sporty, der so stolz auf seine Schwester war, hatte für alle Mango-Schoko-Eis aus der Kühltruhe im Keller organisiert.

Und so konnten sich die kleinen Rätsel-Detektive mit Eis erfrischen, während sie dem spannenden Bericht von Fritzi lauschten.

Vor allem Ben und Noddy schienen doch sehr beeindruckt, dass Fritzi sich so tapfer verhalten hatte.

„Ich glaube, ich hätte mich eher versteckt", murmelte Noddy und wurde gleich wieder rot, als er bemerkte, dass er das laut ausgesprochen hatte.

Auch Betty freute sich für Fritzi, hatte aber schon viel weiter gedacht.

„Wieso versuchen diese Typen bei euch einzubrechen? Sie haben doch das Original der Anleitung für die Schatzsuche! Die einzige Erklärung dafür muss sein, dass die hier oben eine gähnende Leere haben."

Betty zeigte grinsend auf ihre Schläfe. „Oder anders ausgedrückt, sie sind nicht schlau genug für die Rätsel, die wir geknackt haben."

Alle lachten, bis Ben einwandte. „Es kann natürlich auch sein, dass sie den fehlenden Teil der Anleitung suchen. Aber Fakt ist, die intelligentesten sind sie nicht, sie gehören eher zur Kategorie Doppel-D."

„Und das heißt?" Fritzi war etwas irritiert, aber Ben grinste nur. „Ganz einfach: Dumm und Dümmer!"

Wie immer in letzter Zeit meldete sich wieder ein Smartphone, gerade als sich die kleinen Detektive verabschieden wollten. Diesmal war es das von Sporty, der sofort einige Schritte zur Seite ging.

Fritzi schaute ihm beunruhigt hinterher. Wenn er sich so verhielt, ging es bestimmt um die Kurierdienste. Als er zurückkam fixierte er Lissy mit einem strengen Blick.

„Das eben war Chrissie. Du sollst morgen noch mal im Geschäft vorbei kommen. War da irgendetwas nicht in Ordnung? Dann solltest du mir das gleich sagen."

Lissy kicherte nur. „Nein, nein, Chef, keine Sorge. Ich darf mir morgen das Geschäft ansehen und Chrissie und Jojo zeigen mir, wie alles funktioniert. Sie mussten nur noch einen anderen Termin abstimmen. Auf diesen Anruf habe ich wirklich gewartet und jetzt freue ich mich riesig."

„Willst du dort etwas kaufen?"

Fritzi wusste aus eigener Erfahrung, dass ihre Freundin ein Händchen für Mode hatte. Schließlich war sie als Modepolizei bei ihr sehr erfolgreich gewesen. Und noch heute ließ sie sich gerne Tipps für schicke Sachen geben.

Lissy lächelte nur geheimnisvoll. „Wir haben ein paar Ideen überlegt, nur heute war einfach zu wenig Zeit. Aber das erzähle ich euch alles, wenn ich zurückkomme."

Damit wandte sie sich an die Mädchen, da die Jungs schon wieder über diese unwichtigen Dinge die Augen verdrehten.

Als Lissy am nächsten Nachmittag das Geschäft von Chrissie verließ, hatte sie das Gefühl wie auf Wolken zu gehen.

Schon der Anblick des *Fashion Dream* war ein Traum, wie sie Betty und Fritzi unter den Sonnenschirm in ihrem Garten vorschwärmte.

„Das war alles so aufregend und absolut neu. Die beiden sagen, ihr Geschäft sei die Zukunft des Einkaufens, natürlich nur für Mode."

„Und was ist anders als sonst?" Fritzi löffelte ihr Schoko-Minz-Eis sehr vorsichtig, um sich ja nicht zu bekleckern und sah Lissy neugierig an.

„Zuerst hat mich Jojo vermessen und dann eine Figur von mir gemacht, so ähnlich wie die auf meiner Wii, als du damals abnehmen wolltest."

Fritzi verzog bei dieser Erwähnung nur leicht unwillig den Mund, weil sie damals wie ein fetter Mops ausgesehen hatte. Daran erinnerte sie sich absolut nicht gerne. Zum Glück war das lange vorbei.

„Und diese kleine Figur hat dann perfekt meine Maße und kann damit alle möglichen Klamotten anprobieren.

Jeder kann sich selbst zusehen, ob er damit gut aussieht oder nicht und die beiden merken sofort, wo was geändert werden muss."

„Das ist wirklich toll", staunte Betty, „ich müsste dann nicht mehr fünf Jeans anprobieren, bis eine wirklich passt. Aber haben sie denn auch Sachen für Kids?"

Lissy strahlte. „Bis jetzt noch nicht, aber bald.

Deswegen habe ich jetzt einen neuen supertollen Job.

Sie wollen mit Shirts anfangen, Chrissie hat mir sechs Shirts

mitgegeben, die ich unterschiedlich gestalten kann,

mit Pailletten, mit Sprayfarben, mit Glitzersteinen und

ähnlichem.

Wenn du dann dort ein Shirt kaufen willst, kannst du nicht nur

deine Lieblingsfarbe aussuchen, sondern auch ein von mir

gestaltetes Muster. Ist das nicht megacool und supertoll?"

Dieser Meinung waren die beiden auch und Fritzi überlegte

schon weiter. Wäre dieses Geschäft nicht eine tolle Geburts-

tagsüberraschung für ihre Matka? Ihr Dad würde von dieser

Idee bestimmt begeistert sein.

„Ich habe sofort mit den ersten Shirts begonnen." Lissy war in

ihrer Begeisterung über ihren neuen Job kaum zu bremsen.

„Wollt ihr sie mal sehen?"

Welches Mädchen hätte jetzt Nein gesagt?

Betty und Fritzi sicher nicht.

Und so bewunderten sie in Lissys „Studio" zuerst die T-Shirts

in pink, hellblau, gelb, hellgrün, orange und weiß.

Aber sie bestaunten nicht nur die Farben und die ersten Muster, sondern auch die neue Tafel über dem Schreibtisch. Auf einer kleinen Magnettafel hatte Lissy einen Spruch befestigt, der die beiden zum Lachen brachte.

Teile deine Kröten ein, sonst werden sie bald flöten sein!

„Der ist gut", kicherte Betty. „Den muss ich mir merken."

Lissy grinste amüsiert.

„Das ist mein Spruch des Monats. Den hat mir meine Mami mitgebracht. Ich habe einige gesammelt, die mir gefallen und die mich gleichzeitig motivieren. Meine Omi sagt, die wirken dann besonders gut. Ich habe hier auch noch einen von Fritzi.

A golden key can open any doors. Der kommt im nächsten Monat dran."

„Das habe ich verstanden." Betty nickte überzeugt.

„Das muss mir keiner übersetzen, deswegen wollen wir ja reich werden, weil man damit viel bewegen kann. Ich habe auch einen Lieblingsspruch, der von einem griechischen Reeder stammen soll.

Man darf dem Geld nicht nachlaufen, man muss ihm entgegen gehen. Und genau das machen wir ja seit drei Jahren und wie man sieht sehr erfolgreich."

Fritzi nickte ebenfalls. Sie musste man nicht mehr überzeugen. „Mein Lieblingsspruch ist: *Du bist erst reich, wenn du etwas hast, das man mit Geld nicht kaufen kann.*
Und danach bin ich schon superreich, ich habe eine tolle Familie, die besten Freunde, die es gibt und natürlich einen Superhund!"

9. Kapitel,
in dem die Lösung langsam näher rückt

Nach zwei Tagen rief Ben die kleinen Rätsel-Detektive wieder zusammen.

„Noddy hat ein Ergebnis. Wir treffen uns heute bei ihm. Zeit wie immer."

Also trafen sich die meisten schon, auf dem von Lissy beschriebenen Schleichweg, um zur Villa von Noddy Eltern zu gelangen.

Als sie dieses Haus zum ersten Mal gesehen hatten, bekamen sie eine beeindruckende bildliche Vorstellung von Reichtum oder wie Sporty damals gesagt hatte, „es sieht aus wie Vanilleeis mit Sahne, aber allererste Sahne".

Inzwischen wohnten er und Fritzi in einem ähnlichen Haus, was seine Vorstellung vom Reichsein, wieder erheblich normalisierte.

Noddy schien ausgezeichneter Laune zu sein und führte sie als erstes in seinem Zimmer an den großen runden Tisch.

„Meine Mama hat uns ein Brainfood gemacht, denn das haben

wir sicher nötig, weshalb erkläre ich euch später."

Sporty betrachtete die Schale misstrauisch.

„Das soll Futter für die grauen Zellen sein? Was ist denn da drin?"

Noddy lächelte gelassen und zählte auf: „Himbeeren, Erdbeeren, Johannisbeeren, Kiwi, Nüsse und Joghurt mit etwas Lecithin. Du kannst ruhig kosten, das erhöht auch deine sportliche Leistung."

„Und es schmeckt super", rief Lissy, was dazu führte, dass die Schalen im Handumdrehen leer waren.

Danach begann Noddy mit der Vorführung an seinem Laptop.

„Ich habe das mit Power Point vorbreitet, damit ihr versteht, warum wir Gehirnnahrung brauchten. Mit dem richtigen Essen hätten wir das Rätsel bestimmt schon früher geknackt."

Die meisten schauten zwar etwas irritiert, aber Noddy setzte ungerührt fort. „Als ich die Varianten durchlaufen ließ, fiel mir beim zweiten Mal schon das Wort Höhle auf.

Diesen Code hätten wir auch gleich finden können. Schaut nicht so ungläubig! Ich zeige es euch anhand der Zahlen, die wir bisher nicht einordnen konnten:

Der erste Buchstabe vom 1.Lösungswort *Hemd,* ist ein H, die zweite Ziffer unter dem Rätsel bedeutet, dass es auch der Beginn des gesuchten Wortes sein muss.

Vom 3. Lösungswort *Echo* nehmen wir den vierten Buchstaben, das O und setzen es für das gesuchte Wort an die 2. Stelle.

Vom 2. Lösungswort *Bett* nehmen wir den zweiten Buchstaben, das E und setzen es für unser Wort an die 3. Stelle.

Und wenn das Ganze fortgesetzt wird, steht zum Schluss ganz deutlich das Wort *HOEHLE*.

Wenn man das Prinzip verstanden hat, ist das Decodieren eigentlich ganz leicht."

Die kleinen Detektive sahen beeindruckt zu, wie in Noddys Präsentation die Buchstaben an die richtige Stelle purzelten und jeder hatte nur einen Gedanken:

Wieso ist mir das nicht eingefallen?

Nur Betty versuchte noch die Situation zu retten.

„Das hat bei dir auch nur funktioniert, weil wir dir Cross crawl gezeigt haben."

Die Mädchen kicherten, während sich Sporty unbedingt vornahm, zuhause Fritzi nach diesem offensichtlich wichtigen Begriff zu fragen.

Aber Betty war noch nicht fertig „Heißt das jetzt, wir müssen nur noch die richtige Höhle finden und das war's dann?"
Sie klang ziemlich ungläubig.
„Es gibt nur eine Höhle", stellte ihr Bruder richtig, „und das ist die am Spitzberg."
„Aber", widersprach Betty schon etwas gereizt, „das ist keine Einzelhöhle, sondern ein ganzes Höhlensystem und außerdem wart ihr dort schon mal ergebnislos auf Schatzsuche. Daran muss ich euch doch nicht erinnern."
„Du hast ja recht", räumte Sporty ein, „damals haben wir wirklich nichts gefunden. Aber das Wort Höhle ist eindeutig und diesmal kommt ihr mit. Zwölf Augen sehen mehr als sechs."
Das schien Betty etwas nachdenklicher und auch versöhnlicher zu stimmen.
Noddy, der ihre Unschlüssigkeit spürte, schob noch einen Hinweis nach. „Vielleicht gibt es ja in der Höhle irgendeinen Hinweis auf Thor, den wir damals nicht deuten konnten."
Da nickte Betty und gab damit auch das Signal für die anderen Mädchen.
„Denkst du an so etwas, wie Höhlenmalerei?" Lissy konnte sich so etwas gut vorstellen. „Da brauchen wir aber starke

Lampen, damit wir Fotos machen können."

„Du hast recht, diese Aktion muss genau überlegt sein",
bekräftigte Ben. „Da können wir nicht einfach mal so hingehen, das muss gründlich vorbereitet werden. Ich mache eine
Liste und informiere euch dann. Wenn alles klappt, könnten
wir am kommenden Samstag losziehen."

Als sie ihre Sachen zusammenpackten, raunte Betty den anderen Mädchen zu. „Wetten dass gleich wieder ein Handy
piept? Das war bisher jedes Mal so. Mal sehen, wen es heute
trifft."
Grinsend sahen sich die Mädchen an, als sich tatsächlich ein
Smartphone meldete. Sporty sah kurz darauf und informierte
dann die anderen.

„Das ist nicht zu fassen, die Schweine haben versucht, bei
Markus einzubrechen. Da haben sie sich aber gehörig geirrt,
das Haus ist eine Festung."

„Kein Wunder, bei den vielen wertvollen Büchern", murmelte
Noddy, der sie schon einmal bewundert hatte.

„Nicht nur deswegen", korrigierte ihn Sporty. „Markus hat
eine Alarmanlage und Überwachungskameras. Er braucht das
als Sicherheit für die Beweismittel, die er für das Gericht prüft.

Und deswegen haben wir jetzt auch Fotos von den beiden",
griente er.

Als er den anderen die Bilder auf seinem Handy zeigte, reagierten sie ziemlich enttäuscht.

„Man kann ja gar nichts erkennen", murrte Betty erbost.

„Schwarze Haare und schwarzer Vollbart, die kann man doch
überhaupt nicht identifizieren."

„Oma Laura schreibt, dass die Polizei da war und die Typen
jetzt zur Fahndung ausgeschrieben sind.

Aber das wird wohl schwierig, weil sie schon mit unterschiedlichen Namen im System sind. Wir sollen unbedingt vorsichtig
sein."

Betty sah ihn misstrauisch an. „Und das alles hat sie in ihr
Handy getippt?"

Sporty lachte. „Natürlich nicht. Sie hat es geschrieben und
dann mit dem Handy fotografiert. Das habe ich ihr gezeigt.
Clever, oder?"

10. Kapitel,

in dem das Höhlenabenteuer ganz harmlos beginnt

Für den lang ersehnten Samstag hatten Ben, Betty und Noddy eine besondere Strategie entworfen.

Die erste Nachricht an die anderen lautete: „Wir treffen uns 9.00 Uhr am Haus von Lissys Oma."

Fritzi und Lissy, beide mit ihren Hunden im Fahrrad-Korb, schauten bei dieser Nachricht etwas irritiert, aber Sporty, der seine eigenen Vermutungen hatte, klärte sie auf.

„Man kann heute viele Dinge elektronisch überprüfen und Informationen abhören. Ich denke, die anderen wollen nur sicher sein, dass niemand weiß, wohin wir gehen.

Tante Charly hat gestern auch gesagt, dass diese Kerle ge-fährlich wären. Sie ist sich sicher, dass sie auch bei dem alten Mann eingebrochen haben."

Alle drei hatten sich passend für das Abenteuer gekleidet. Die Mädchen trugen, wie beim Umzug, ihre ältesten Latzhosen und Sporty seine derben Cargohosen, in deren Taschen fast alles passte.

Fritzi hatte sich extra einen langen Zopf geflochten, damit sie die neue Basecap verkehrt herum aufsetzen konnte, wie ihr Bruder auch.

Lissy bewunderte das sehr. „Damit siehst du richtig abenteuerlustig aus. Toll! Es ist doof, dass das bei mir nicht klappt. Vielleicht sollte ich meine Haare auch wachsen lassen."

Am Haus von Lissys Oma angekommen, erfolgte die zweite Sicherheitsstufe.

Ben und Noddy untersuchten alle Fahrräder nach versteckten Trackern, also kleinen elektronischen Vorrichtungen, mit denen man den Weg eines anderen nachverfolgen konnte.

Alle Räder waren sauber, bis auf eins.

„Und ausgerechnet unter deinen Seilen muss so ein Tracker versteckt sein", kicherte Betty, die gemeinsam mit Noddy gesucht und bei Ben etwas entdeckt hatte. Als Betty gar nicht aufhören konnte zu lachen, wollte Ben das Teil wütend unter ein Auto werfen.

Aber Betty riss es ihm aus der Hand und packte es in das Fahrradkörbchen eines kleinen Mädchens, das damit erfreut davon radelte. „So damit sind sie erstmal beschäftigt, also lasst uns die Höhle erkunden."

Dort angekommen, waren Sporty, Ben und Noddy sichtlich enttäuscht.

„Das hatte ich wirklich größer in Erinnerung", murmelte Sporty. Das Gebüsch, das auf beiden Seiten des Eingangs wucherte, hatte inzwischen den Zugang fast völlig verdeckt.

Bei ihrem Abenteuer vor drei Jahren hatten sie einfach in die Grotte hineingehen können, aber jetzt sah der Höhleneingang, nicht imposanter aus als ein größeres Loch, durch das sie sich hindurch zwängen mussten.
Auf der linken Seite stand ein dicker, knorriger, alter Baum, unter den die kleinen Detektive ihre Fahrräder abstellten.
Der Baum dahinter war vermutlich durch einen Blitzschlag getroffen, der den Stamm total gespalten hatte. „Irgendwie gruselig", flüsterte Fritzi.
„Bevor wir hineingehen", instruierte Ben die kleinen Millionäre, jetzt wieder um Führung bemüht, „muss ich euch noch erklären, worauf wir achten sollten. An Höhlenmalerei glaube ich nämlich nicht. Aber da es sich bei Thor um einen germanischen Gott handelt, könnte es Hinweise in Runen geben."

„Und was sind Runen?" Fritzi hatte diesen Begriff noch nie gehört, auch Lissy schüttelte nur ahnungslos den Kopf.
„Runen sind germanische Symbole, mit denen man sich da-

mals verständigt hat, so ähnlich wie Buchstaben, aber mit einer besonderen Bedeutung. Ich habe mir drei notiert, von denen ich glaube, dass sie vorkommen könnten."

„Hast du sie auf deinem Handy?" Noddy überlegte schon eine Lösung. „Schick sie uns doch einfach zu. Dann kann sie jeder ansehen, während du erklärst."

„Super Idee", murmelte Ben.

„Die Zeichen sind wirklich nicht einfach. Also das erste ist Gebo, das große X. Das steht für Geschenk und für Großzügigkeit. Genau das, was wir erwarten."

„Und das ist auch leicht wieder zu erkennen." Betty dachte wie immer praktisch.

„Die zweite Rune, die aussieht wie ein großes P, nur mit Spitze, heißt Wunjo. Sie steht für Freude, Wohlstand und Erfolg."

„Sehr passend, wie für uns ausgesucht!" Lissy rieb sich bereits voller Vorfreude die Hände.

„Die dritte, die aussieht wie ein Dreieck, das an der Wand klebt, heißt Thurisaz oder Riese. Sie bedeutet instinktives Vorgehen oder auch Hammer."

„Bingo! Thor schmeißt doch den Hammer, das muss es sein, jede Wette", rief Sporty triumphierend.

„Wir werden es wissen, wenn wir es finden", bremste Betty.

„Lasst uns endlich reingehen!"

Bewaffnet mit Handlampen, Seilen, Wasserflaschen und natürlich ihren Handys krochen die Kids, einer nach dem anderen in den Höhlenbereich, nachdem sie das Gestrüpp und einige Steine zur Seite geräumt hatten.

Neugierig wollten sie die Wände und das Deckengewölbe ableuchten, stoppten aber sofort abrupt.

„Ii, ist das eklig! Hier stinkt es fürchterlich", rief Lissy und hielt sich die Nase zu.

„Wer war das? Hand hoch!" Sporty sah sich streng um, aber Betty kicherte nur, während sie vorsichtig durch ihr Taschentuch atmete. „Wir haben nicht gepupst, das muss einer von euch gewesen sein."

„Hört auf! Das war keiner von uns."

Noddy hatte sich in der schlimmsten Ecke umgesehen.

„Schaut her. Hier gibt es eine Menge Kotreste von allen möglichen Tieren."

Er sah sich auffordernd um, aber die anderen folgten ihm nicht. Keiner wollte an dieser Stelle nachschauen. Kotreste und andere Objekte, die nicht zu identifizieren waren, aber so abscheulich stanken, dass nicht einmal die Hunde weiter nachforschen wollten, konnten doch keine Hinweise auf einen Schatz sein!

 Also stürmten sie in die zweite Grotte. Dort roch es besser und war auch etwas heller, weil es einen schmalen Schacht gab, der offensichtlich bis ins Freie reichte.

„So etwas nennt man Kamin", dozierte Ben, obwohl ihm keiner richtig zuhörte.

Alle waren damit beschäftigt, die Wände und die Gewölbedecke abzusuchen oder irgendeine Unregelmäßigkeit zu entdecken, aber da war außer größeren Felsbrocken und einigem Geröll absolut nichts.

Die dritte Höhle entlockte den Mädchen Schreie des Entzückens, angesichts der glitzernden Steine und des Hauchs von rosa Farbe. „Hier sieht es aus, wie in den Feengrotten", rief Lissy begeistert.

„Es gibt keine Feen, das ist unwissenschaftlich."

Lissy lächelte nur, dieses Argument von Ben kannte sie zur Genüge.

„Aber die Feengrotten gibt es in Thüringen. Da war ich mit meiner Omi und sie hat mir dort ganz „wissenschaftlich" mit einer Eselsbrücke den Unterschied zwischen Stalagmiten und Stalagtiten erklärt, das konnte ich mir vorher nie merken."

„Und wie hat sie das gemacht? Ich kann das auch nicht unterscheiden", meldete sich Fritzi.

Betty und die Jungs hielten sich mit Fragen zurück, hörten aber sehr aufmerksam zu.

Lissy schmunzelte. „Wahrscheinlich sollte man diese Begründung nicht im Unterricht benutzen, aber mir hilft sie. Stalagmiten wachsen von unten nach oben.

Sie können also nur mit dem Boden nach oben gelangen.

Durch das Miteinander wachsen sie, genauso wie unsere Fonds und meine Geldbäume wachsen, seitdem wir über Geld in unserem Club miteinander reden."

„Und Stalagtiten?"

Wenn es nicht so duster gewesen wäre, hätte sich Fritzi am liebsten Notizen gemacht.

„Stalagtiten wachsen von oben nach unten, wie jemand, der ganz weit oben ist, dann aber nach unten fällt.

Erinnert ihr euch an Titus aus der 8. Klasse, von dem alle dachten, er sei ein Genie, bis raus kam, dass er die Ergebnisse für die Prüfungen gestohlen hatte?

Und dann ging es rasant von oben nach unten. Titus, der Stalagtit!"

Jetzt lachten alle, nur Ben maulte.

„Wissenschaftlich ist das nicht, aber gut zu merken!"
Trotz aller Schönheit bot aber auch die feenhafte Grotte keine
Hinweise auf Thor oder einen verborgenen Schatz.

Es gab zwar noch einen weiteren Durchgang zu einer vierten
Höhle, aber der war noch dunkler als die ersteren Bereiche
und auch schon mit Geröll verschüttet.
Außerdem roch es feucht und muffig. Dorthin schien es keinen zu ziehen
Während einige der kleinen Detektive wieder in der dritten
und der zweiten Höhle prüften, um ja keinen Hinweis zu ver-
passen, war Fritzi mit Perla in der vierten Höhle geblieben.
Irgendetwas schien sie hier anzuziehen. Nachdem die Hündin
ihre Runde gedreht hatte, blieb sie plötzlich an dem unwirtli-
chen Durchgang stehen und bellte leise.
Fritzi, die sich hier nicht wohl fühlte, hätte am liebsten auf die
anderen gewartet. Dann aber richtete sie mutig ihre Lampe
genauer auf die Wand.
Anfangs konnte sie kaum etwas erkennen, aber je mehr sich
ihre Augen an das diffuse Licht und die Spiegelung durch die
feuchten Steine gewöhnten, meinte sie etwas zu sehen, das in
den Stein gekratzt war.

„Könnt ihr mir bitte helfen? Ich habe etwas gefunden!"

Auf ihr Rufen hin, eilten die anderen gleich zu dem Durchgang.

Lissy, die das Problem sofort erkannte, zog Malkreide aus ihren großen Taschen und zog das eingekerbte Symbol mit weißer Farbe nach.

Jetzt war es für alle sichtbar: Die Rune Thurisaz.

„Das wusste ich doch, der Hammer muss es sein. Aber wo könnte man hier einen Schatz verstecken?" Sporty sah sich fragend um.

Auch die anderen reagierten nach der ersten Freude, überhaupt etwas gefunden zu haben, mit hektischer Betriebsamkeit und begannen, die Felswände abzuklopfen.

„Ich glaube nicht, dass das etwas bringt." Fritzi hatte lange gezögert, weil sie sich nicht sicher war, aber ihre Wunderhündin hatte in allen Gewölben ihre Runden gedreht und nichts gefunden.

Dabei hatte Perla schon so oft bewiesen, dass sie versteckte Schätze riechen konnte.

Fritzi seufzte. Hier schien wirklich nichts Wichtiges verborgen zu sein, aber vielleicht gab ja die Rune noch einen Hinweis.

Sie rief nach den anderen.

„Leute, hier ist offensichtlich kein Schatz. Perla hat bisher nichts gefunden und sie ist wirklich eine gute Schatzgräberin. Aber schaut euch die Rune noch einmal genauer an. Das Dreieck zeigt in Richtung Ausgang.“

„Ich glaube, in der ersten Höhle war auch so ein Zeichen.“ Lissy wies auf die Rune. „Nur ziemlich weit oben. Aber ich wollte nicht nachsehen, weil es so entsetzlich stank. Ich gehe dort ganz sicher nicht noch mal ohne Schutzmaske hin.“

„Kein Problem! Ich weiß, was wir machen.“

Ben verteilte aus seiner Umhängetasche, mit der er auch im Dschungel hätte überleben können, Tiger Balm an seine Freunde, die sich die stark riechende Salbe unter die Nase rieben. „Damit können wir auch die erste Höhle genauer untersuchen.“

Das klappte super und jetzt sahen sie es genau.

Gleich am ersten Durchgang weit oben, prangte die Rune in ihrer ganzen Pracht, nachdem Lissy, auf Sportys Schultern, ihre Kreide wieder eingesetzt hatte.

„Die Rune an sich, hätte auch bedeuten können, dass sich etwas in der vierten Höhle befindet.“

Ben klang immer noch zweifelnd.

„Oder dass es früher einen anderen Eingang gab.“

Fritzi war sich jetzt ganz sicher, denn Perla war auf dem Weg zum Ausgang und sah sich auffordernd um. „Nein, wir finden hier nichts. Kommt mit, der Schatz ist draußen!"

Sie hatte kaum ausgesprochen, als urplötzlich ein riesiges Getöse begann. Von dem Hügel oberhalb der Höhle polterten Steine und Geröll und prallten dumpf auf den Platz vor der Öffnung, bis zum Schluss ein riesiger Felsblock vor dem Eingang landete und ihn fast verschloss. Fritzi, die dicht am Eingang gestanden hatte, sprang sofort erschrocken zurück. Durch den Lärm aufgeschreckt, kamen die anderen angerannt und sahen entsetzt den riesigen Brocken, der den Weg nach draußen versperrte.
„Sind wir etwa eingeschlossen?"
„Hier hat es doch noch nie eine Lawine gegeben! Und dennoch sind wir eingeschlossen, das kann doch nicht sein", überlegte Ben noch, während seine Schwester praktischer dachte und sofort die Führung übernahm.

„Wir müssen als erstes versuchen, den Stein wegzurollen. Alle stellen sich auf diese Seite und dann versuchen wir ihn zur Seite zu wälzen. Auf mein Kommando 1, 2, und 3!"

Alle mühten sich so kräftig sie konnten, aber der große Findling bewegte sich keinen Zentimeter.

„Wir müssten eine Brechstange oder anderes Werkzeug haben", stöhnte Noddy. „Wir brauchen etwas, das wir als Hebel benutzen können, aber hier ist nichts. Wir brauchen unbedingt Hilfe von außen."

„Wenn wir die Steine aus der zweiten Höhle übereinanderschichten, dann kann vielleicht Lissy durch den Spalt nach außen kriechen."

Sporty wartete nach seinem Vorschlag nicht lange, sondern begann sofort große Brocken heran zu schleppen und aufzuschichten. Betty stimmte gleich zu. Alles war jetzt besser, als die Angst zuzulassen, dass sie nie wieder nach Hause könnten.

Ben hatte sich zunächst ziemlich verunsichert zurückgehalten und fieberhaft überlegt. Hatte er bei der Vorbereitung etwas übersehen?

Nein! So etwas hatte er nicht einplanen können, weil eine Lawine an dieser relativ flachen Erhebung außerhalb aller Möglichkeiten lag. Also hatte jemand nachgeholfen!

Deshalb raunte er den anderen zu. „Selbst wenn es Lissy nach draußen schafft, könnte sie in eine Falle laufen."

Sporty ließ daraufhin frustriert den Felsbrocken fallen und stöhnte.

„So ein Scheibenkleister! Du denkst, die sind da draußen? Und wir sehen nicht, was los ist."

„Es ist aber auch nicht auszuschließen, dass jemand ungewollt, das Geröll in Bewegung gebracht hat. Vielleicht hat jemand gegraben und ist zu weit an der Kante gewesen", gab Noddy zu bedenken.

„Aber dann hätte sich doch jemand, gemeldet, der den Schaden prüft." Betty schüttelte entschieden den Kopf. „Bevor jemand nach draußen klettert, müssen wir wissen, wer da draußen ist."

Sporty nickte ihr zu. „Ich habe eine Idee, wie wir das herausfinden können."

Nachdem er alle informiert hatte, türmten sie weiter große Felsbrocken übereinander, bis sie fast den Öffnungsspalt erreicht hatten, der noch freiblieb.

Währenddessen hatte Fritzi intensiv mit Perla geflüstert.

Dann setzte sie die Hündin ganz oben auf den höchsten Stein.

Perla kroch ganz nahe an den Spalt heran und schnüffelte lange. Dann knurrte sie leise, aber sehr tief.

Fritzi wusste sofort, dort draußen lauerte eine große Gefahr.

„Ich fürchte, die haben uns doch entdeckt oder sind uns auf anderem Wege gefolgt. Jetzt brauchen wir wirklich Hilfe von außen."

Betty hatte inzwischen ihr Handy kontrolliert. „Mist! Ich habe kein Netz. Und ihr?"

Nur Schweigen und Kopfschütteln.

„Und wie sollen wir jetzt wieder rauskommen?"

Lissy klang etwas angstvoll.

Während alle noch angestrengt überlegten, ertönte von außen hinter dem Stein eine tiefe Stimme.

„Wir lassen euch frei, wenn ihr uns sagt, wo der Schatz ist. Er gehört uns!"

Die Kids sahen sich entsetzt an.

Das schienen wirklich die gefährlichen Verbrecher zu sein, die sie trotz aller Umsicht aufgespürt hatten.

Jetzt mussten sie doppelt vorsichtig sein!

Sporty winkte alle bis zur dritten Höhle zurück.

„Von hier dringt nichts nach außen, sie können also nicht mehr mithören."

„Wir müssen sehen, dass wir aus eigener Kraft nach draußen

kommen", flüsterte Betty eindringlich. „Wir können ihnen nicht sagen, wo der Schatz ist, weil wir es selbst nicht wissen. Aber selbst wenn wir es wüssten, gäbe es auch keine Garantie dafür, dass die Typen uns dann wirklich freilassen."
„Aber wir brauchen Hilfe", mahnte Sporty. „Diesen Riesenstein kriegen wir alleine nicht weg. Wenn die Handys gehen würden, könnte ich Onkel Mats rufen, der ist ganz in der Nähe."
Dann sah er Noddy aufgeregt winken, der die ganze Zeit die Wände und vor allem den Schacht aufmerksam gemustert hatte.
„Die Wand dieses Schachts oder auch Kamins ist nicht so hoch, wie die Felsen auf der anderen Seite. Wenn wir ein Handy in diese Höhe bringen könnten, gibt es garantiert eine Verbindung, weil in dieser Richtung ein Sendemast steht."

„Gute Idee!" Betty klopfte Noddy anerkennend auf die Schulter, der dann sogar in der düsteren Höhle vor Stolz errötete. Dann musterte sie ihre Truppen. „Lissy, du kletterst ganz hoch, die anderen helfen dir."
Inzwischen hatte Sporty auf seinem Handy über Whats app einen Hilferuf verfasst.
„Lissy, wenn du oben bist, brauchst du nur noch auf *Senden*

zu drücken. Wenn das klappt, sind wir gerettet!"

Mit Hilfe von Sportys Räuberleiter, kletterte Betty auf seine Schultern, während Fritzi und Noddy auf der einen und Ben auf der anderen Seite, Lissy abstützten, die ziemlich geschickt nach oben kletterte, bis sie auf Bettys Schultern stand.

Lissy war schwindelfrei, sie hatte nur fürchterliche Angst, dass sie das Smartphone fallen lassen könnte, und sie und die anderen eingeschlossen blieben. Also ließ sie ihren Atem ruhiger werden und versuchte nicht daran zu denken, dass ihr Herz aufgeregt pochte. Es dauerte einen bangen Moment, in dem die anderen fast den Atem anhielten, bis Lissy jubelte. „Es hat geklappt!"

Als alle wieder unten waren und tief eingeatmet hatten, schlug Ben vor.

„Wenn wir sowieso hier warten müssen, sollten wir nochmal über das Rätsel nachdenken. Habt ihr draußen den verkrüppelten Baum gesehen, ob da Thors Blitz eingeschlagen hat?"

„Das ist eine Superidee", bestätigte seine Schwester, „wenn…

„Kommt in die dritte Höhle, hier ist etwas." Fritzi, die ihrer Hündin gefolgt war, wartete in den Feengrotten auf sie, dort wo der Durchgang zu der letzten nasskalten Höhle begann.

Sie feuchtete demonstrativ ihren Zeigefinger an und hielt ihn hoch.

„Merkt ihr was? Hier zieht es, irgendwo muss ein Weg nach draußen sein. Wir müssen nur Perla folgen."

Noddy, der ihr überrascht zugehört hatte, schlug sich mit der flachen Hand gegen die Stirn. „Das erklärt natürlich, warum die Runen in die andere Richtung zeigen. Das was du gefunden hast, ist vermutlich der frühere Höhleneingang."

Aber das hörten nur noch wenige, denn da keiner in der Höhle bleiben wollte, folgten die kleinen Rätsel-Detektive Fritzi und Perla ohne Widerspruch. Auch wenn der Gang nach außen schräg nach oben ging und über jede Menge glitschiger Steine führte und sie über schleimige Bestandteile rutschten, die sie lieber gar nicht genauer betrachten wollten.

Endlich sahen sie wieder den Himmel über sich und klatschten sich begeistert ab.

Die ersten Atemzüge in frischer Luft genossen sie ganz bewusst, denn darauf hatten sie lange und voller Hoffnung gewartet.

Aber Perla drängte sie weiter, indem sie ungeduldig bellte.

Auch Hagrid schubste Lissy weiter, aber Ben hob die Hand.

„Wir müssen vorsichtig sein, wir wissen nicht, ob die Kerle bewaffnet sind."

Sporty, der schon überlegt hatte, grinste. „Ich habe eine Idee! Bevor uns die Kerle sehen können, macht Fritzi die Polizeisirene. Das lenkt sie ab und dann stürmen wir los!"

Die anderen nickten und Fritzi ließ die Sirene erklingen, erst leiser, wie in weiter Ferne und dann aber immer näher.

Als die Kids um den Hügel herum in Richtung Höhleneingang schlichen, waren sie noch mäuschenstill und sehr vorsichtig.

Das änderte sich sofort, als sie sahen, dass die zwei Typen ihre Fahrräder mit Kabelbindern zusammengespannt hatten, um sie abzutransportieren.

Mit einem Wutschrei der Empörung rannten sie in Richtung der Verbrecher, um ihre Fahrräder zu verteidigen.

Durch die unerwartete Polizeisirene waren die schon etwas irritiert und hatten der Wut der Kinder wenig entgegen zu setzen.

Perla und Hagrid hatten sich gleich in die Hosenbeine und auch in die Knöchel der Männer verbissen und widerstanden allen Abschüttelungsversuchen.

Während sich die Kids von allen Seiten auf die Räuber stürzten, bog ein großer LKW um die Kurve, in dem Onkel Mats und zwei seiner Mitarbeiter saßen.

Das verkürzte den Kampf, denn im Nu waren die beiden Verbrecher überwältigt.

Onkel Mats hob die Hand und rief die letzten zurück.

„Kinder, hört auf, wir haben sie im Griff. Der Sieg ist unser!"

Alle brachen in Jubelschreie aus und der Lärm wurde ohrenbetäubend. Jeder wollte erzählen, was passiert war und wer welche Idee zur Rettung hatte.

 Auch die Fahrräder wurden befreit und auf Schäden begutachtet, aber sie waren glücklicherweise in Ordnung.

Sporty hob Fritzis Fahrrad auf und sah sich nach seiner Schwester um.

Doch sie war nicht da, denn sie war wieder einmal auf der Suche nach ihrer Hündin, die wie immer ihren eigenen Kopf hatte.

11. Kapitel,
in dem die kleinen Rätsel-Detektive eine neue Welt
entdecken

Während Ben in dem ganzen Durcheinander wieder einen Pluspunkt verbuchen konnte, immerhin wurden die Verbrecher mit seinen Seilen gefesselt, fand Fritzi ihre Hündin unter dem großen knorrigen Baum, wo sie brav auf alles weitere wartete.

Fritzi rief nach den anderen, aber die diskutierten schon wieder an dem gespaltenen Baum, den sie für den richtigen hielten. Bis Sporty energisch wurde. „Erinnert ihr euch, wie Perla die Schatzkammer im Spukhaus entdeckt hat? Sie hat einfach eine Nase dafür und hatte sich genau darauf gesetzt. Und wo sitzt sie jetzt?"

 Erst dann eilten alle zu dem knorrigen Baum. Einer von Onkel Mats Männern besah ihn sich ebenfalls. „Bei meiner Oma im Garten hatten wir auch so ein riesiges Gewächs. Und der hatte eine Baumhöhle, so einen Oschi!"

Mit seinen Händen zeigte er dabei den Durchmesser eines größeren Abflussrohrs, aber niemand nahm es wahr.

Die Kids standen wie erstarrt, bis Sporty rief: „Wir Blödis! Ein Baum kann ja auch eine Höhle haben. Was für ein Baum ist denn das?"

„Ich glaube, eine Eiche." Noddy klang etwas unsicher, während Ben, endlich wieder in seinem Element, fleißig auf seinem Smartphone tippte.

„Ich hab's, die Eiche ist der heilige Baum von Thor, vermutlich dann auch sein Heiligtum."

„Aber gab es denn diesen Baum auch schon vor über 150 Jahren?" Betty schaute noch nicht überzeugt.

„Hier steht, dass Eichen noch viel älter werden können, viele werden 500, manche sogar 1000 Jahre."

„Aber wenn der Baum so alt wäre, müsste er da nicht viel höher sein?"

Fritzi fand den Baum für ein Heiligtum viel zu mickrig.

Ben genoss es, mehr zu wissen, als die anderen und scrollte eifrig weiter.

„Eichen wachsen im Jahr nur 4 mm. Das ist echt interessant, deswegen sind sie auch so stabil. Also dieser Baum muss es sein."

Als Perla wie bestätigend bellte, konnten alle schon wieder lachen. Den Typen, die fest verschnürt auf dem LKW lagen, war sicher das Lachen vergangen, aber das kümmerte die Kids jetzt kaum.

„Sporty, willst du als erster nachsehen?"

Mehr brauchte es nicht, damit der, gelenkig wie ein Äffchen, im Nu in der ziemlich hoch gelegenen Astgabel saß.

„Hier ist wirklich ein Loch im Stamm, und was für eins. Geht zur Seite, ich fange an zu räumen."

Alle stoben zur Seite, als es alte Blätter, Vogelfedern, Borkenstücke und kleine Steine regnete.

„Sind auch Mäuse drin?"

Das fragte Lissy nur zur Sicherheit. Seit dem Schrecken im Baumhaus, hatte sie ja keine Angst mehr vor Mäusen, na ja, wenigstens keine große.

„Da ist etwas! Aber es ist eingewachsen. Fritzi, du musst mir helfen!"

Sporty hatte kaum gerufen, als Fritzi schon mit Hilfe von Onkel Mats auf der gegenüber liegenden Astgabel saß.

Während Sporty kleine Zweige, Flechten und Schlingpflanzen entfernte, zog Fritzi so sehr sie konnte.

„Es bewegt sich schon", rief sie und zog mit letzter Kraft etwas aus der Baumhöhle, das wie ein großes Paket aussah.

Nachdem Betty eines von Bens Seilen geschickt nach oben

geworfen hatte, verschnürten Fritzi und Sporty die kostbare Fracht und ließen sie vorsichtig herabgleiten.

Nachdem alle wieder unten waren und die neugierigen Blicke fast Löcher in das Paket brannten, löste Onkel Mats die Verschnürung vorsichtig mit einem Messer, während Sporty und Fritzi, das schon brüchige Ölpapier auseinander falteten. Nachdem noch eine Hülle aus sehr derbem Stoff entfernt war, staunten die Kids über eine ziemlich große, rötlich goldene Scheibe, die mit Auflagerungen von bunten Steinen bedeckt war.

„Das ist eine Weltkarte mit allen Kontinenten", rief Noddy aufgeregt. „Genauso, wie es im Rätsel stand. *Du gewinnst die Welt.* Hier ist Europa, hier Asien, Australien, Afrika, Nord- und Südamerika."

„Die Antarktis fehlt vermutlich, weil sie damals noch nicht bekannt war", erklärte Betty, falls das einer nicht gewusst hatte.

Lissy war ganz andächtig und vorsichtig auf die Knie gegangen, um die Erdteile genauer zu betrachten und zu berühren, dann rief sie entzückt.

„Wisst ihr was das ist? Das sind Edelsteine!

Nordamerika ist aus Malachit, Südamerika ist aus grünem
Turmalin gefertigt. Das Blaue für Europa ist ein Lapislazuli und
für Australien haben sie einen Türkis genommen. Die anderen
kenne ich nicht."
Noddy, dessen Mama Edelsteine verarbeitete, ergänzte sehr
hilfsbereit und sachkundig. „Afrika ist ein roter Jaspis und
Asien ein gelber Citrin."

 Betty war auch von dem Anblick begeistert, erinnerte sich
aber ebenso daran, weshalb sie auf Schatzsuche gegangen
waren. „Diese Darstellung der Welt ist wirklich sehr schön und
bestimmt auch einmalig, aber können wir die auch verkau-
fen?"
Onkel Mats schmunzelte nur. „Mit der Geschichte eurer
Schatzsuche, die morgen in allen Zeitungen steht und dem
Vater von Fritzi und Sporty, der für ein berühmtes Auktions-
haus arbeitet, verkauft sich das schneller als die Lottozahlen
für übernächste Woche."
„Aber dürfen wir es auch behalten?" Die angstvolle Frage von
Fritzi ging im allgemeinen Jubel unter.
Aber schon am nächsten Tag sollten die kleinen Rätsel-
Detektive mehr darüber erfahren.

Am Nachmittag, nachdem die Kids ihre Geschichte der Polizei, der Zeitung, dem Lokalsender und natürlich auch den Eltern erzählt hatten und Mengen an Fotos gemacht wurden, konnten sie ihre Detektivarbeit erfolgreich beenden.

Jetzt trafen sie sich wieder als die kleinen Millionäre im Garten zwischen den Häusern in der Krösus-Straße.

Da Lissys Mami und Sportys und Fritzis Matka im Krankenhaus arbeiteten und sich gut kannten, hatten die Eltern ziemlich schnell die Anregung der Kids aufgegriffen und die trennenden Büsche zwischen den Häusern entfernt.

Jetzt war genügend Platz für eine große Kaffeetafel, für die die Krimifrauen, die selbstverständlich auch teilnahmen, mehrere Kuchen beigesteuert hatten.

Natürlich wollte jeder wissen, wie sie die Rätsel gelöst hatten und wie sie auf das richtige Schlüsselwort gekommen waren.

Und da das eine wirkliche Gemeinschaftsaktion gewesen war, hatte auch jeder der Kids etwas dazu zu erzählen.

Die Nachricht aber, auf die alle ganz gespannt warteten, kam von Markus, der ebenfalls eingeladen war.

Geheimnisvoll wie ein Zauberer zog er ein altes Dokument aus

der Tasche. „Danach musste ich lange suchen. Diese Nieder-
schrift in Sütterlin ist das, immer noch gültige Testament von
Herrn Große-Leege, vom Club der Falkenberger.
Vielleicht gab es damals auch schon Regelungen darüber, was
dem Finder gehört und was man dem Staat übergeben muss.
Deshalb hat er das mit einem Notar ganz eindeutig formulie-
ren lassen. Danach sind alle Gegenstände, die bei seinen
Schatzsuchen gefunden werden und wenn sie mit Hilfe der
Anleitungen ordnungsgemäß erfolgt sind, rechtmäßiges Eigen-
tum der Finder.‟
„Und das bisher höchste Gebot für euren Schatz über das
Internet, liegt bei 1.800 Euro‟ ergänzte Daniel Winter.
Es geht aber noch weiter.‟

Beinahe wäre der Kaffeetisch umgestürzt, so begeistert jubel-
ten die Kids.
Auch die Eltern und die Krimifrauen waren sehr stolz auf das
geschickte und überlegte Vorgehen der kleinen Rätsel-
Detektive, die mit sich auch höchst zufrieden waren.
Als sie anschließend abseits von den Erwachsenen unter dem
Sonnenschirm saßen und sich ausrechneten, dass sie jetzt
ihren Sparplan für ein ganzes Jahr gesichert hatten, schlug

Ben vor: „Sollten wir nicht einfach nur noch Club der Millionäre heißen? Über das klein sind wir doch längst hinaus."

„Auf keinen Fall!"

Wie so oft widersprach ihm seine Schwester, obwohl sie dabei sogar ein wenig lächelte.

„Wir sind nun mal noch die kleinen Millionäre, weil wir auch nur eine kleine Million haben."

„Wir haben doch noch gar keine Million, ich jedenfalls nicht." Sporty war sich da ziemlich sicher, denn er überwachte seine Fonds genau.

„Doch, doch", wieder lächelte Betty. „Unsere Million ist schon da, aber leider noch im Wachstum. Aber wir werden selbstverständlich weiter dafür sorgen, dass sie kräftig wächst, oder?"

Und wie immer, wenn sie absolut einer Meinung waren, stießen die kleinen Millionäre ihre Fäuste zusammen. Es würde weiter gehen und natürlich erfolgreich sein!

- Ende -

Anmerkung der Autorin:

Einige Rätsel stammen aus „Aus alten Kinderbüchern – Rätsel um Rätsel" Schmidt, J. (Hrsg.) Der Kinderbuchverlag Berlin 1987

Von der Autorin sind im BoD-Verlag bereits erschienen:

- Der Club der kleinen Millionäre -1-
  Coole Kids und der clevere Umgang mit Geld

- Der Club der kleinen Millionäre -2-
  Von Pfunden, Freundschaft und Hunden

- Das Monster im Schrank
  Wenn Kinder Angst haben

- Das gibt es doch nicht!
  Unmögliche und fantastische Geschichten 1

- Das ist wirklich das Allerletzte!
  Unmögliche und fantastische Geschichten 2

- Jetzt ist aber Schluss!
  Unmögliche und fantastische Geschichten 3

- Alles auf Anfang!
  Unmögliche und fantastische Geschichten 4

- Die Weiberwirtschaft
  Frauenpower im Mühlengrund

- Sophie und die Krimifrauen vom alten Bahnhof -1-
  Cosy-Crime-Geschichten

- Sophie und die Krimifrauen vom alten Bahnhof -2-
  Cosy-Crime-Geschichten

- Die Silver Girls
  65 – Na und!

- Immer wieder aufstehen!
  Geschichten zum Mut machen